透明

TRANSPARENT THINGS Vladimir Nabokov

弗拉基米尔·纳博科夫

陈安全——译

上海译文出版社

Vladimir Nabokov
TRANSPARENT THINGS

Copyright © 1972, Dmitri Nabokov

图字：09－2005－111号

图书在版编目（CIP）数据
　透明：新版/（美）弗拉基米尔·纳博科夫
（Vladimir Nabokov）著；陈安全译. —上海：上海译
文出版社,2021.6
　　（纳博科夫精选集.Ⅲ）
　　书名原文：Transparent Things
　　ISBN 978－7－5327－8755－5

　　Ⅰ.①透… Ⅱ.①弗… ②陈… Ⅲ.①长篇小说－美
国－现代 Ⅳ.①I712.45

　中国版本图书馆CIP数据核字（2021）第278606号

透明 Transparent Things	Vladimir Nabokov 弗拉基米尔·纳博科夫 著 陈安全 译	出版统筹 赵武平 责任编辑 邹 滢 装帧设计 山 川

上海译文出版社有限公司出版、发行
网址：www.yiwen.com.cn
201101 上海市闵行区号景路159弄B座
江阴市机关印刷服务有限公司印刷

开本787×1092 1/32 印张4.25 插页5 字数57,000
2022年3月第1版 2022年3月第1次印刷

ISBN 978－7－5327－8755－5/I·5401
定价：55.00元

献给薇拉

一

这就是我想要的人。你好，人！他没听见。

如果真有未来存在，具体地以个体的形式存在，就像脑子较好的人所能觉察的东西一样，过去也许就没有那么诱人了：它的魅力会被未来的吸引力抵消。人在考虑这个物体或那个物体的时候，可能就会骑在跷跷板的中段上。那可就有趣了。

可是未来并不具备这样的现实性（过去可以描绘出来，现在可以观察得到）；未来只不过是一种比喻，是一种思想的幽灵。

你好，人！怎么回事，别拉我。我并没有打扰他。噢，没关系。你好，人……（最后一次的声音很小。）

当我们专注于某一实物时，无论它的情况如何，我们的注意行为可能会引领我们不自觉地去探究该实物的历史。初入道者如果想让实物完完全全停留在他目睹的时刻那个层面上，就必须学会对它一览而过。过去穿过透明物体发出光芒！

许多人造物体或天然物体本身是无生命的，但被粗心的生命滥加利用（你想到山脚下的一块石头，自然会想到它经历过无数个春秋，有大群的小动物从石头上匆匆而过），叫人特别难以把注意力只集中在它们的表面上：初入道者很快就会透过表面，自得其乐地哼着小曲，以童稚般的放纵陶醉于那块石头乃至那片荒野的历史之中。对此我将作出解释。天然的或人造的实物表面覆盖着一层直观、现实的薄饰，任何人想留住实物此时此刻的原状、掌握它的原状、维持它的原状，都请务必小心，不要打破其紧绷的薄膜。否则，缺乏经验的奇迹创造者将会发现自己不再是在水面上行走，而是垂直沉入水底；鱼儿睁大眼睛围观之。刹那间还可能发生更多的事情。

二

休·珀森其人（有人讹称他为"彼得森"，有人叫他"帕森"）搭乘出租车从特拉克斯来到这座破旧不堪的山间别墅，司机为他打开车门，他拖着瘦削的身躯下了车。车门仿佛是为侏儒设计的，他还低着头时，目光却已往高处看——不是为欣赏司机帮他开门的动作，而是要看一看阿斯科特旅馆（阿斯科特！）的外观较之八年——占他刻满悲怆的人生五分之一的八年——之前发生了什么变化。这是一座令人感到恐怖的建筑，灰色的石，棕色的木，惹人注目地装上鲜红色百叶窗（没有全部关闭），但是在他的视觉记忆中，它们是苹果绿的。门廊台阶两旁有一对铁柱，柱上挂着电力马车灯。一个系围裙的仆人轻捷地从台阶上跑下来，拎起两只袋子，把鞋盒夹在胳膊下，这些全都是司机从张开大口像打呵欠的车后行李厢里敏捷地搬下来的。珀森给精明的司机付了钱。

大堂已经认不出来了，但无疑和以前一样脏。

他在柜台前登记名字交出护照时，先后用法文、英文、德文，然后又用英文问道，老克罗尼格是否还在那里当主管，他那张胖脸和装出来的快活神情，他仍记忆犹新。

接待员（金黄色的头发在脑后盘成圆发髻，脖子很漂亮）说不在了，克罗尼格先生早已离开，说不定是到梦幻神奇（听起来像是这么回事）当经理去了。她还拿出一张草绿天蓝色的明信片，上面画有几位斜倚着的顾客，权充说明或证据。文字说明用了三种语言，但只有德文部分是地道的。英文写的是：说谎的草地[1]——而且仿佛有意采用欺骗性透视手法把草地扩张到极大的比例。

"他去年死了。"女孩补充说道（从正面看她一点也不像阿尔曼达），把一张 Majestic in Chur[2] 的彩色照片本来也许会引发的兴趣给一笔勾销了。

"这么说再没有任何一个人能记得我啦?"

"很遗憾，"她用他已故妻子的习惯语调说道。

她还感到遗憾的是，既然他无法告诉她他以前住的是三楼的哪个房间，她也就没有办法安排他住原来的房间，尤其

1　Lying Lawn，原意是想表达可以躺卧的草地，但英文写得不地道，变成了"说谎的草地"。
2　在这里，休把女接待员刚才所说的"梦幻神奇"（原文为 Fantastic in Blur）记错了，成了发音有点儿接近的 Majestic in Chur。

是当时三楼已经客满。珀森皱着眉头说，大概是在三百多号的中段，朝东，尽管窗外没有什么好景致，床边的地毯上有阳光欢迎他。他非常想住那个房间，可是按法律规定，如果一个主管，哪怕是过去的主管，干了克罗尼格所干的事情（人们认为，自杀是做假账的一种表现形式），档案即应销毁。她的助手是一个英俊的年轻后生，着黑装，下巴和喉头上有些小脓疱。他领着珀森上四楼的一个房间，一路上他以电视观众般的专注注视着空白而有点泛蓝的墙壁向下滑去，而另一方面，电梯里同样全神贯注的镜子，有几个瞬间清晰地映照出这位来自马萨诸塞州的绅士，他的脸又长又瘦，充满忧郁，下颌有点突出，嘴巴周围有对称的褶皱，要不是他那忧郁的居高临下姿态淋漓尽致地表现出令人难以置信的高贵地位，人们可能会误认他是一位粗壮的、像马一样的登山人。

窗户的确是朝东的，但是确实也有景致：也就是说，一个巨大的坑里挤满了许多挖掘机（星期六下午和星期天全日是安静的）。

系着苹果绿围裙的仆人拎着两个行李包和包装纸上印有"菲特"字样的卡纸板盒，珀森独自走在后面。他知道这家旅馆有年头了，但是现在破败成这个样子是显得过分了。四楼这间好房间，虽然住一个客人显得太大（但是住几个人又太挤），一点也不舒服。他还记得，他一个三十二岁的大男人，以前住在底下那个房间的时候，比他悲惨的童年哭的次数更多，也更凄惨，房子也很难看，但起码不会像现在的新居所这么肮脏这么凌乱。房间里的那张床十分可怕。"浴室"里有一个坐浴盆（足以坐下马戏团的一头大象），但却没有浴水。马桶座圈不能复位。水龙头发出警告，先喷射出一股强劲的锈水，然后才和缓地流出正常的水来——无论你如何赞赏都不为过，它流出来的是神秘，值得我们为之树几座纪念碑，清凉的圣坛！休在走出那糟糕透顶的浴室后，轻轻把门关上，但那扇门却像一只蠢笨的宠物发出一声哀叫，紧跟在他身后倒在了房间里。现在让我们来聊聊我们的困难。

三

爱整齐的休·珀森在寻找一个五斗橱放他的东西时,注意到房间不起眼的一个黑暗角落里有一张旧书桌,支着一盏没有灯泡没有灯影的灯,其状如一把破雨伞的骨架。中间的抽屉没有关好,那一定是最后检查抽屉是否清理干净(其实没人检查过)的房客或服务生(其实两者都不是)疏忽了。好心的休想把它推进去关好,起初推不动,后来他偶然撞了一下,抽屉立即有了反应,弹出并掉下一支铅笔(这和前面轻推过几次所积累起来的能量可能有些关系)。在把铅笔放回去之前,他考虑到了这一点。

它不是用弗吉尼亚杜松或非洲雪松做成的六角形漂亮铅笔,未曾用银箔在上面印出厂家的名字,而是一支非常普通的、圆的、技术上没有任何个性特征的旧铅笔,是用便宜的松木制成的,染成暗淡无光泽的淡紫色。那是一位木匠在十年前放错了地方的铅笔,他对旧书桌没有做完认真检查,更谈不上修理,他走开去找一件工具,但永远没有找到。现在珀森注意到了这支铅笔。

在木匠的作坊里，在那之前很久是在乡村学校里，那支铅笔已经被用到只剩下原来长度的三分之二。削尖的一端露出的木头，颜色已经变暗，呈铅灰的青紫色，其色调与石墨的钝笔尖融为一体，石墨笔尖唯有其难以识别的色泽把自身与木头区分开来。一把小刀和一个铜卷笔器已对它进行过彻底加工，如果有必要，我们可以追踪刨削下来的小薄片的复杂命运。刚削下来时，每一片都是一面淡紫色，另一面棕褐色，但是现在都降解为微尘，四处飘散，惊恐万状，苟延残喘，但是每一粒微尘都必须对自己的命运持超然态度，每一粒微尘都很快适应了自己的命运（更可怕的遭遇还有不少）。总的说来，它削出来的形状还是很可爱的，是一种古老的过时产品。往前追溯若干年（但不是追溯到遥远的莎士比亚出生之年，那一年发现了制造铅笔用的"铅"），再用"现在的"视角继续讲述铅笔的故事，我们会发现石墨被研成细粉，小女孩和老头把它和湿泥混合在一起。这一团黏糊糊的东西，这一团受挤压的鱼子酱，被放入一个金属圆筒，圆筒上有一个蓝色的眼，一块蓝宝石上钻了一个洞，鱼子酱就通过这个洞挤出来。它吐出来的是一条连绵不断、令人馋涎欲滴的小棒（可要看管好我们的小朋友哟！），看上去像是保留着蚯蚓的消化道的形状（但是要小心，小心，别让它挠曲了！）。此刻它正被切割成这些特定的铅笔所需要的长短（我们看到切割者是伊莱亚斯·博罗戴尔老人，正当他要进行侧面检查时，我们想抓住他的前臂，但是我们停住了，停住了，把手缩了回来，因为我们急着要确定那独特的一截）。看着它烘干，看着它在脂油里煮沸（这里还有满身羊毛的脂油提供者被宰杀的镜头，屠夫的镜头，牧羊人的镜头，牧羊人的父亲的镜头，他是个墨西哥人）并被嵌进木头。

我们在准备木头的时候，可别丢了那一点宝贵的"铅"。这是一棵树！就是这一棵松树！它被砍下来了。只用其树干，剥去树皮。我们听到新发明的动力锯发出的哀鸣，我们看到原木被晒干，被刨平。薄薄的木板将为浅抽屉（仍未关上）里的那支铅笔裹上一层覆盖物。我们认识到薄木板存在于原木之中，就如我们知道原木存在于树木之中，树木存在于森林之中，森林存在于杰克建造起来的世界上。我们确认这种存在，靠的是我们十分清楚但又不知其名的某种因素，它无法描绘，就像一个人从来没有见过微笑的眼睛，无法说清楚微笑是什么样子。

这一出完整的小戏，从成形的碳和砍倒的松树到这一简单的工具，到这件透明的东西，在一刹那间全部展现出来。唉，对休·珀森短暂触摸到的固体铅笔，我们还是有些不了解的地方！但是对他则不然，不然。

四

　　这是他第四次访问瑞士。第一次是在十八年之前，当时他和他父亲在特拉克斯住了几天。十年之后，三十二岁时，他重访了那座湖边小镇，前往察看他们的旅馆时，成功地经历了一次情感波澜，半是惊奇，半是悔恨。他先乘当地火车到达一个毫无特色的车站，然后从湖平面的高度上了一条陡峭的小路和一段旧台阶，便到了旅馆所在地。他还记得旅馆的名字叫洛凯特，因为它跟他母亲的娘家姓很相似。她是法裔加拿大人。她去世不到一年，老珀森也跟着走了。他还记得，那旅馆毫无生气，价格便宜，可怜巴巴地立在另一座质量高得多的旅馆旁边。透过楼下的窗户，你可以隐约看出浅色的桌子和水中的服务员的幻影。现在两座旅馆都已荡然无存，取而代之的是钢筋大厦蓝色银行，表面光洁，平板玻璃，盆栽植物，一应俱全。

　　他曾经在一种类似凹室的房间里睡过，和他父亲的床之间只隔着一道拱门和一个衣帽架。夜总是一个巨人，但是这一夜特别恐怖。休在家里总是有自己的房间的，他讨厌与他人共住这种墓穴式的睡房。他坚定地希望，此次瑞士之旅的后续朦胧行程，各站都能按承诺预留各人的单独卧室。他父亲六十岁，比休矮胖，最近因丧妻鳏居，食欲欠佳，明显变老。他的东西散发出早先富有特征的气味，虽然很淡，但明确无误。他睡觉时又是呼噜又是叹息，梦见大片大片难看的黑暗地带，必须加以分门别类，从自己的道路上排除掉，或者以虚弱绝望的痛苦姿态从上面爬过去。退休老年群体的家庭医生们所推荐的那些欧洲旅游路线中，能减轻因孤独而造成的痛苦的，我们一条也找不出来。

老珀森一向手笨，但是最近，他在浴水里摸找东西，搜寻滑溜溜的透明肥皂，或者劳而无功地试图系上或解开物品上必须系上或解开的部分时，动作变得越来越滑稽。休部分继承了这一笨拙的特征；眼前的夸张动作如反复拙劣模仿，使他感到恼火。这位鳏夫在所谓瑞士（那是说，那件使他把一切都视为“所谓”的事件很快就要发生）的最后一个早晨，这老笨蛋与软百叶窗进行了一番搏斗，为的是要看看天气，他刚刚费尽周折勉强瞥见人行道湿了，软百叶窗又像雪崩一般稀里哗啦地重新掉了下来。他决定带上自己的雨伞。雨伞折叠不好，他着手加以整理。起初，休一脸厌恶，保持沉默，怒目而视，鼻孔扭曲，直喘粗气。老人不该遭此蔑视，因为存在的东西有很多，从活细胞到死星球，不知名的塑造者之手不可能永远那么灵巧细心，于是意外的小灾难难免不时发生。黑色重叠部分突然不整齐地翻转过来，必须重新整理好。当绸带上的小孔处于作好了准备的时候（食指和拇指可以把它夹住的一个微小圆圈），它的扣子却在折叠部分和皱纹中消失了。这些笨拙的抖抖嗦嗦的动作，休看了一会儿之后，突然一下把雨伞从他父亲的手中夺过来，老头子空着手继续揉捏了一阵子，接着露出温和的歉意微笑，算是对这突如其来的不礼貌行为作出的反应。休仍然一声不吭，粗暴地把雨伞叠好，扣上——说句实话，他把雨伞整出来的样子，不见得就比他父亲最终能整出来的好。

他们这一天计划做什么？他们要在前一天晚上吃过饭的老地方用早餐，然后是购物，到很多地方去观光。当地有一个自然奇观叫塔拉大瀑布，被画在过道的厕所门上，还被复制成巨幅照片，悬挂在门厅的墙壁上。珀森博士在询问处停住脚步，以他惯有的大惊小怪打听有没有他的邮件（其实他并不期待有谁会给他来信）。翻找了一阵，一封给一位珀森太太的电报显露出来，但是没有他的东西（唯有这一不完全的巧合令他震惊，但是他控制住了）。他的手肘旁边碰巧有一个卷成筒形的软尺，他拿起来绕自己的粗腰，软尺的一端从他手里掉下来好几次；他不断向脸色阴沉的服务台职员解释，他打算到城里买一条夏天穿的裤子，希望这件事能办得更理智些。休很讨厌他唠唠叨叨说个没完，没等他把灰色软尺重新绕好，就径自向门口走去。

五

早餐后，他们找到了一家看上去符合他们需要的商店。成衣店。处理商品热销中。他的父亲把它翻译成：我们的意外所得卖得很红火。休以厌倦的轻蔑态度加以纠正。窗外一个铁三脚架上放着一篮子折叠好的衬衣，雨已经下大起来了，它却没有防雨措施。一阵惊雷滚滚而来。我们进去避一避吧，珀森博士神情紧张地说，他对雷暴的恐惧又惹得他的儿子很不高兴。

那天上午，照看这一家破旧服装店的恰好只有一位女店员，她叫欧马，一副萎靡不振愁绪百结的样子。休很不甘愿地跟着父亲走进这家服装店。和她一起打工的另外两个人是一对夫妻，因为他们的小寓所失火，他们刚住进医院，而老板有事外出；这天到店里来的人比平常的星期四多。眼下她正在帮助三位老年妇女（她们是从伦敦乘公共汽车来的）拿主意，同时还在告诉另一位身着黑装的德国金发女人去一个拍摄护照用照片的地方怎么走。三位老太依次把同样花纹的连衣裙摊开在自己胸前看效果，珀森博士迫不及待地把她们的伦敦方言土语翻

14

译成蹩脚的法语。一身丧服的姑娘返回来取她忘记拿走的一个包裹。老太太们又摊开更多的连衣裙来看，眯着眼睛看了更多的价格标签。又有一位顾客带着两个小女孩走进店里来。珀森博士找了个空当提出要买一条宽松长裤。店员拿给他好几条，让他到旁边的试衣间去试穿。休悄悄溜出了服装店。

他漫无目的地在街头漫步，借助各种建筑物的突出部位避雨。尽管那一座多雨小镇的日报不断强烈呼吁，应该在商业区建造拱廊，但是毫无效果。休在一家小礼品店里仔细看了一些小玩意儿。有一尊女滑雪运动员的绿色小雕像令他很着迷，用什么材料雕成的，隔着橱窗玻璃无法辨认（其实是"雪花石膏小雕像"，人造霰石，格朗贝尔监狱一位同性恋罪犯雕刻并着色的，他名叫阿曼德·雷弗，身体强健，扼死了他男朋友的乱伦姐妹）。真皮小杂物盒里的那把梳子又有什么故事呢，它会有什么故事呢——噢，它很快就会变脏，要把嵌在互相紧挨着的梳齿之间的污垢除掉，必须使用那把袖珍小刀里一个较小的刀刃，它竖立在小刀的傲慢复杂结构之中。清除工作得花一个小时。精巧的手表，表面上有小狗图案装饰，售价仅二十二法郎。或者是应该买（送给大学室友）那个木盘子，中间有一个白色的十字，周围有二十二个小区环绕？休恰好是二十二岁，一向为各种巧合的象征而烦恼。

铃声叮当响起，道口红灯闪烁，宣示某件事情就要发生：屏障无情地缓慢落下。

它的褐色幕布只降下半截，显露出一位坐着的女性的漂亮双腿，穿的是透明黑色袜子。我们忙不迭企图重新捕捉那一瞬间！人行道上的小亭子挂着幕布，里面有类似钢琴椅的凳子，个子无论高矮都可以坐，只要往投币机里交费，即可自行拍摄护照用的照片或者以此自娱。休看了看那双腿，又看了看照相亭上的标志。重音节的结尾，加上又没有尖声的腔调，破坏了照相亭上那两行字无意中造成的双关效果：

三　张照片
　　种姿势

他还是一个童男。当他想象着那些大胆的姿态时，两件事情一起发生了：一列不停的火车雷鸣般呼啸而过，同时照相亭里镁光灯闪烁。身着黑装的金发女郎根本未遭雷击而死，而是一边合上她的手袋一边走了出来。无论这一身丧服的美女形象想纪念的是什么人的寿终正寝，它与隔壁正同时发生的第三件事没有任何关系。

应该跟着她走，那将会是一个很好的教训——跟着她，而不是去看瀑布看得目瞪口呆：对老头是个很好的教训。休又是诅咒又是叹气，循原路返回（循原路返回曾经是一个很好的比喻），重新走进服装店。欧马后来告诉她的邻居，她当时很有把握地认为，那位绅士已经和他的儿子一起离开了，因为起初她搞不清楚那儿子在说什么，尽管他的法语很流利。当她明白过来时，不禁为自己的愚蠢而大笑起来。她迅速带着休到试装室去，仍然笑得很开心，拉开绿色而不是棕色的幕布，现在回想起来，她那一拉还真成了一个戏剧性动作。空间的紊乱和错位总是有自己离奇古怪的一面，然而三条裤子在地板上凌乱地纠结在一起，好像凝固的舞蹈，其滑稽可笑的程度少有出其右者——褐色的宽松裤，蓝色的牛仔裤，灰色法兰绒的老式裤。笨手笨脚的老珀森使劲挣扎着要把一只穿着鞋的脚伸进一只弯弯曲曲的窄裤管里去，突然觉得奔腾咆哮的热血涌满了头部。他那只脚还没有够着地板，人就死了，像是从很高的地方跌下来，此时仰卧在地，一只手臂张开，雨伞和帽子在高高的镜玻璃里可望而不可及。

六

　　这一位亨利·埃默里·珀森是我们的珀森的父亲，他可以被描绘成一个良善诚挚的可爱小老头，也可以被描绘成一个无耻的骗子，依观察者看问题的角度和立场而定。有许多手写的东西在自责的黑暗中，在无可挽救的地牢里四处流传。一个中学生，尽管他像波士顿扼杀手一样强壮——伸出你的双手来，休——如果他的同学全都不断讲他父亲的坏话，他是对付不过来的。和几个最令人讨厌的同学笨手笨脚地打过两三次架之后，他采取了更精明更有效的态度，即不苟言笑地半默认。当他回忆起当年的这种做法时，自己都感到震惊。但是通过这种奇特的良心扭曲，自己感受到震惊反倒成了一种自我安慰，可以证明他并不完全是一个怪物。直到那一天为止，他每想起自己的一些不良行为就会有一种负罪感，此刻该采取措施来摆脱这种心态了。再痛苦也得把它们处理掉，就像曾经处理学校当局扔给他的里面装有假牙和眼镜的纸袋一样。他能求助的唯一亲人是远在美国斯克兰顿的一个姨父，姨父越洋劝他在国外把遗体火化，不要运回国内。这一办法虽然比较不可取，但是实际操作起来，许多方面的确比较容易，最主要的原因当然还是这办法可以让他立即摆脱那可怕的尸体。

大家都很配合。特别需要感谢的是美国驻瑞士的领事哈罗德·霍尔，他发挥了很大作用，给我们这位可怜的朋友提供了一切可能的帮助。

休为两件事激动不已，一件是总体的，另一件是具体的。首先是获得解放的总体感觉，如沐春风，欣喜若狂，干净利落，生活中的大部分晦气一扫而光。具体的是他很高兴地发现了父亲一只虽然破旧但却鼓鼓的钱包，里面有三千美元。和许多具有神秘天才的男青年一样，他在大叠钞票里摸到了直接令人欣喜的厚度；他的生活能力不强，没有赚更多钱的野心，不为自己未来的生计而担忧（后来得知，这些现金相当于他实际继承的遗产的十分之一强，他的这些性格特点就都无关紧要了）。就在那同一天，他迫不及待地搬进了比原来高级得多的日内瓦寓所，主餐吃美国龙虾，还到他住的旅馆后面一条小巷子里去找他的第一个妓女。

由于光学的和肉体的原因，性爱的透明度比许多其他复杂得多的东西低。可是，大家知道，休在自己的故乡曾追求过一位三十八岁的母亲和她十六岁的女儿，但是在和第一个做爱时出现阳痿，和第二个做爱时不够大胆。眼前则是一个平庸乏味之例：压抑已久的性欲，独自以习惯的满足方式行事，如梦的美妙佳境。他勾搭上的这位姑娘身材矮胖，但有一张可爱、苍白、粗俗的脸，意大利人的眼睛。她把他带到一间丑陋破旧的寄宿舍里，一张比较好的床边——有准确的"号码"，其实，九十一，九十二，大约是九十三年前吧，一位俄罗斯小说家在前往意大利途中曾在此处逗留。当时的床与现在的不同，有铜制的球形突出物，床整理过，又打乱，盖上一条男式礼服大衣，重新又整理过，上面放着一只半开的有方格图案的小提箱，旅行者身穿衬衫式长睡衣，光着脖子，一头凌乱的黑发，礼服大衣披在他肩上，我们看到他正在决定要从手提箱里拿出什么来（手提箱将交给邮件运载马车往前运送），装进背包里去（他将自己背上背包翻越群山，前往意大利边境）。他期待着他的画家朋友康迪达托夫能随时到这里来与他会合，一起去进行这一次短途旅游，一次轻松愉快的远足，即使在八月细雨霏霏的时节，浪漫主义者也会欣然前往。当时正是令人不适的季节，雨量更多。他刚去过最近的一家卡西诺赌场，往返漫步达十英里，脚上的靴子还是湿的。他们站在门外，那模样很像是遭了驱逐，他的脚上包了好几层德文报纸，他无意间发现，德语比法语容易读。现在的主要问题是把自己的手稿放进背包还是装在手提箱里邮寄：书信草稿；一个未完成的短篇小说，写在一本俄语习字簿里，外面用黑布包着；一篇哲学论文的若干部分，写在从日内瓦弄来的一个笔记本里；还有一部尚未成熟的长篇小说散页，书名暂定《福斯特在莫斯科》。当他在那张交易台旁坐下来的时候，透过背包可以隐约看到福斯特风流故事的第一页，上面留下了用橡皮使劲擦过的痕迹，还有用紫色、黑色、爬虫绿色墨水书写的插入文字。我们这位珀森的妓女已经把她的硕大手提包重重地放在了这同一张交易台上。他的手写稿令他着迷，那一页纸上的混乱笔迹在他眼里竟然是井然有序，污渍成了美妙的图画，旁边空白处匆匆写下的文字仿佛成了翅膀。他没有着手整理自己的文件，而是拔出便携式墨水瓶塞，手里拿着笔，走近交易台。

休·珀森跟着萍水相逢的女子走下又长又陡的台阶，来到她喜爱的街角，他们曾在那里一别多年。他原本希望，那女孩会留他到第二天早晨——这样他就可以在旅馆少住一个晚上，在旅馆房间里，每一个僻静的黑暗角落都让他感受到已故父亲的存在。可是当她看出他有意留下来过夜时，她误解了他的意图，冷酷地说，要让这样一位蹩脚的演员恢复状态，必须花费太长的时间，干脆把他送走了事。然而，让他睡不着觉的并不是鬼，而是沉闷的心情。他把两扇窗户全打开，窗户面对比它低四层楼的停车场。头顶有一小弯新月，月光太微弱，无法照亮朝着看不见的湖泊方向渐次递降的房屋屋顶。有一个车库的灯光让人能辨认出通向一片杂驳阴影的凄凉阶梯的台阶。一切都很暗淡很遥远。我们这位珀森有恐高症，他感受到地心引力要把他拖下来与黑夜和他的父亲相伴。他小时候曾多次在睡眠状态中赤身裸体梦游，幸亏熟悉的环境保护了他，直至这种怪病逐渐消失。今天晚上，他身处一座陌生旅馆的最高楼层，没有任何保护。他把窗户关上，坐在一张扶手椅里，直到黎明。

七

休在小时候，夜里梦游症发作时，常抱着一只枕头走出房间，游荡到楼下去。他记得醒来的时候总是在一些古里古怪的地点，不是在通往地窖的台阶上，就是在过道的隐蔽处，置身于长筒橡胶套鞋和风雪大衣之间。尽管他在睡梦中光着脚四处游荡并未受到过分惊吓，他对自己的"行为像个幽灵"也不在乎，但是他还是请求家人把他锁在自己的卧室里。这办法也不管用，因为他会从窗口爬出去，走上通往学校宿舍的长廊的倾斜屋顶上。他第一次这样干的时候，由于脚底的石板瓦太凉，他醒过来了，于是重新返回自己黑暗的巢，一路上能避开椅子和其他东西，靠的是耳朵，而不是别的。一个又老又蠢的医生建议他的父母用湿毛巾覆盖他床边的地板，在一些关键地点放置装水的脸盆，唯一的结果是他在魔幻般的睡梦中绕过一切障碍，在一个烟囱脚下瑟瑟发抖，陪伴他的是学校的一只猫。此次突围行动过后不久，这种鬼怪式的梦游发作次数逐渐减少。到青春期晚期，症状完全消失。作为倒数第二次反复，后来又出现了与一张床头桌搏斗的奇怪案例。此事发生在休上大学，和一位同学杰克·穆尔（并非亲属）一起寓居在新建的斯奈德楼的两个房间里。杰克死记硬背累了一天之后，半夜突然被从寝室兼起居室传来的猛烈撞击声吵醒。他跑去看个究竟。原来是休在睡梦中想象，他的床头桌（从过道里的电话底下搬过来的一张三脚小桌）正在狂暴地独自跳战舞，那情景和他以前曾看到一个类似的小桌在一次降神会[1]上狂蹦乱跳很相似；当时他被问及来访的魂灵（拿破仑）是否错过了在圣赫勒拿岛上看春天的日落。杰克·穆尔看见休从卧榻上使劲直起身子，双臂抱着那张并不碍事的小桌子，使劲地按住它，努力想制止它其实并不存在的跳动，十分荒唐可笑。书籍、烟灰缸、闹钟、一盒止咳片，全都被震下来了。木头桌子在这白痴手中备受折磨，发出噼啪爆裂的声音。杰克·穆尔使劲把两者分开。休一声不响地翻了个身，又睡着了。

---

1 séance，一种集会，中心人物是鬼神附体者，称其能与鬼魂通话。

八

在休·珀森第一次访问瑞士到第二次访问瑞士的十年间，他以各种单调沉闷的方式谋生。没有特殊天赋或雄心壮志的优秀青年，命运大多如此，他们习惯于只应用自己智力的一小部分，不是从事乏味的工作就是行骗。他们的另一大部分智力用来做什么，他们的真正爱好和感情以何种方式隐匿在何处，严格地说，这些算不上是一个谜——如今根本不存在任何谜团——但是会引出各种解释和启示，太可悲、太可怕，令人难以面对。唯有专家才应该去探索心灵的奥秘，这是专家们的事。

他本来能做八位数的乘法心算，可是在二十五岁时因病毒感染住院，经历了几个智力减损的灰色夜晚之后，丧失了这一能力。他在一份大学杂志上发表过一首诗，长而杂，开头颇有气势：

省略号有福了……太阳正在

给湖泊树立超凡的榜样……

他给伦敦的《泰晤士报》写过一封信，几年后被编入文集《致编辑先生》，其中有一段写道：

阿那克里翁[1]八十五岁时被"酒的残骸"噎死（另一位爱奥尼亚人如是说），一位吉卜赛人对棋手阿尔约克欣预言，他将会在西班牙被一头死公牛所杀。

大学毕业后，他充当臭名昭著的骗子、已故象征主义者阿特曼的秘书兼匿名合伙人，达七年之久，对于类似下面这样的脚注应负完全责任：

巨石纪念物（与"斯洛文尼亚牛奶"、"产奶的"、"乳汁"这些字有关系）显然是伟大母亲的象征，正如竖石纪念物"我的先生"显然是男性一样[2]。

1　Anacreon（约前570—前478），古希腊宫廷诗人，所作之诗多以歌颂醇酒和爱情为主题，其诗体被后人称为"阿那克里翁体"。

2　"巨石纪念物"（史前物，由一块或数块巨石置于另外几块巨石之上构成）的原文是"cromlech"，与"斯洛文尼亚牛奶"（原文是"mleko"）、"产奶的"（原文"milch"）、"乳汁"（原文"milk"）这三个词仅外形相似，实际上并无关系；而"竖石纪念物"（也是史前巨石）的原文是"menhir"，与"我的先生"（原文是"mein Herr"）也只是外形相似，休却武断地说"显然是男性"。所以前文说休"对于类似下面这样的脚注应负完全责任"。

另有一段时间，他做的是文具生意。他推销过的一支自来水笔还刻有他的名字：珀森笔。可是他的最大成就也就到此为止了。

二十九岁时他依然懒散，加盟一家大出版公司，各种活都干过——研究助理、副编辑、文字编辑、校对员，要物色作者，要拍作者的马屁。他像个郁郁寡欢的奴隶，为弗兰卡德太太服务，那是一个华而不实、自命不凡的女人，脸色红润，章鱼眼；她的大部头浪漫故事《单身汉》被接受出版，条件是必须进行大幅度修改，无情删节，部分重写。重写的片段，这里几页，那里几页，意在填补大量删节之后保留下来的章节之间血淋淋的空白。这一任务曾经交由休的一位同事执行；她是个梳马尾辫的漂亮姑娘，做完这件事便离开了公司。作为小说家，她的天分比弗兰卡德太太还差。于是这件擦屁股的倒霉差事便落在了休身上，他不仅要修补她留下的各种毛病，而且还要解决她没有处理的问题。他多次到弗兰卡德太太迷人的郊区住宅跟她一起享用茶点；住宅里的装饰品几乎全是她已故丈夫的油画。他们谈话的地点，早春在客厅里，夏季在餐室里，秋季在书房里，可以欣赏类似新英格兰的全部美景，冬天则在寝室里。休未曾在她的寝室里流连，因为他有一种怪异的感觉，弗兰卡德太太正在策划在弗兰卡德先生画的淡紫色雪花底下遭受强奸。

她和许多丧失活力但风韵犹存的女艺术家一样，似乎浑然不觉，失去魅力的女性，即使洒了科隆香水，其气味可能吓跑神经质男性。当"我们的"书终于出版后，他长长地松了一口气。

由于《单身汉》在商业上取得成功，他又摊上了一项更加刺激的任务。有个"R先生"，英文写作能力比口语好得多。与纸张接触后，他的英文变得很美观、富丽，看上去风头十足，使得在他移居的国家，比较不那么苛刻的评论家们称他为文体大师。在办公室里，他被称为"R先生"（他的德文名字颇长，分为两部分，中间有一个高贵的语助词，其意介于城堡与险崖之间）。

R先生是个易怒、不讨人喜欢的粗鲁记者。休越洋与他打交道时——R先生大部分时间住在瑞士或法国——缺乏在与弗兰卡德太太打交道时（那真是一段苦难的经历）所具有的诚挚热情。但是，尽管R先生可能不是一流的大师，但至少是一个真正的艺术家，他在自己熟悉的领域内，运用自己的武器，为争取使用与独特的思想相对应的非正统标点法这样的权利而斗争。他的一部早期作品，在我们这位乐于助人的珀森的帮助下，毫不费力地出版了平装本。但是R承诺当年春末交稿的一部新小说，却让珀森苦等了很长时间。春天过去了，没有任何音讯——休只好飞往瑞士，与这位懈怠的作者当面晤谈。这是他四次欧洲之旅的第二次。

九

　　与 R 先生见面前夕，一个阳光炫目的下午，他在从图尔开往韦尔塞斯的瑞士火车车厢里认识了阿尔曼达。他上错了一列慢车，而她挑选的是会在一个小站停靠的列车，那小站有公共汽车开往维特；她的母亲在维特拥有一幢瑞士农舍式别墅。阿尔曼达和休同时地、面对面地在车厢朝湖泊一侧的两个靠窗座位上坐了下来。过道另一边对应的四个座位上坐的是一家美国人。休打开《日内瓦日报》。

　　噢，她好漂亮，要是她的嘴唇再丰满些，魅力就更足了。乌黑的眼睛，金色的头发，蜜黄色的皮肤。在略显忧伤的嘴巴两侧，被晒黑的脸颊上，有一对月牙形的酒窝。她身穿有褶边的女式衬衫，外面是黑色外衣。大腿上放着一本书，被她两只戴黑手套的手捂住。他觉得自己认出了那是有火焰和煤烟标志的平装本。他们首次见面认识的方式既典型又平常。

　　三个美国孩子开始在一只行李箱里乱翻，寻找稀里糊涂忘记带来的什么东西（一堆连环漫画——连同一些用过的毛巾，此时都由一位繁忙的女服务员保管着），把毛衣和裤子都拉了出来。面对这一情景，他们交换了一下目光，用温文尔雅的方式表示厌烦。孩子的父母有一方看到了阿尔曼达冷冷的目光，报以和善的表情，表示拿他们没办法。列车员过来检票。

休把头侧向一边，暗自得意，他猜对了：那本书的确是平装版的《金色窗户里的人影》。

"这本书是我们出的。"休说道，对那本书点了一下头。

她凝视着放在自己大腿上的书，仿佛是想从中找出他说的话是什么意思。她的裙子非常短。

"我的意思是，"他说道，"我就在那一家出版社工作，那是一家美国出版社，出版这本书的精装本。你喜欢它吗？"

她用流利但有些造作的英语回答说，她讨厌特别富于想象力的超现实主义小说。她要看的是反映我们时代的理性现实主义作品。她喜欢描写暴力和东方智慧的书。她还问，继续往下看会不会好一些。

"对了，在里维埃拉别墅有相当戏剧性的一幕，那小姑娘，也就是讲述者的女儿……"

"琼。"

"正是。琼放火烧了自己的玩具小屋，结果把整座别墅全烧光了，但是书中恐怕不会有太多暴力描写，都是象征性的，写得很庄重，同时还特别温情，和护封的简介说的一样，至少是第一版曾经这样说过。封面是著名的保罗·普兰设计的。"

无论多么枯燥乏味，她当然会把书看完，因为生活中的每一件事都应该有个结尾，就像应该修好维特山上的那条路一样，那里有他们的房子，一座豪华的瑞士农舍式别墅，但是在那条新路尚未完工之前，他们必须艰难地爬到德拉科尼塔缆道那里。《燃烧的窗户》，或者叫作别的什么书名，是前天她二十三岁生日时，作者的继女送给她的，那位继女他也许……

"朱莉娅。"

对。朱莉娅和她两人冬季里曾在泰辛州的一所外国女子学校任过教。朱莉娅的继父刚和她母亲离婚，他对待她母亲的方式真是坏透了。她们教什么呢？噢，无非是仪态，韵律操——诸如此类的东西。

休和这位新结识的富有魅力的女子现在改用法语对话。他的法语起码说得和她的英语一样好。她要他猜她的国籍，他说不是丹麦人就是荷兰人。不对。她父亲一家来自比利时，他是个建筑师，去年夏天在监督拆除一处废弃不用的旅游胜地著名旅馆时不幸身亡。她母亲出生于俄罗斯，出身背景很高贵，但是当然被那场革命彻底毁灭了。她问他喜欢自己的工作吗？还请他把那黑色窗帘拉下来一点。他说这样做是给夕阳送葬。她问这句话是不是谚语。他说不是，是他刚杜撰出来的。

那天晚上，在韦尔塞斯，他在日记中断断续续地写道：

"在火车上和一位姑娘闲聊。裸露的褐色双腿和金色凉鞋很漂亮。有一种以前从未感受过的中学生的疯狂欲望和带有浪漫色彩的激动。阿尔曼达·查玛。表示贵族的介词和我的名字的最后一个音节有些不协调。我相信拜伦使用'查玛'这个词的意思是'孔雀开屏'，有着很高贵的东方背景。令人高兴地老于世故，但又不可思议地天真无邪。维特山上的瑞士农舍式别墅是父亲建造的。如果你能亲自到那些地区去看一看就好了。希望知道我是否喜欢自己的工作，我的工作！我回答道：'问我能做什么工作，而不是我做什么，可爱的姑娘，太阳可爱的光穿过半透明的黑色织物。我可以用三分钟的时间记住电话号码簿的一整页，但却记不住自己的电话号码。我可以写出和你一样奇特新颖的诗篇，也可以写出别人三百年后才能写出来的诗句，但是除了大学时代一些年少气盛的胡言乱语之外，我从未发表过片言只语的诗歌。我可以在父亲的学校的球场上打出一招破坏力极大的接发球——切削式的猛抽——但是一局下来已经是上气不接下气。运用墨水和透明水彩画法，我能画出湖光水色无与伦比的半透明性，天堂般的群山映照其中，但却画不出一条船、一座桥，也画不出普兰笔下一座别墅烈火熊熊的窗户里人们陷入混乱的侧影。我在美国的学校里教过法语，但永远摆脱不了我母亲的加拿大口音，尽管我在低声念法语单词时能清楚地听得出来。把你的连衣裙解开，得伊阿尼拉[1]，我可以爬上我的焚尸柴堆。我可以跃起一英寸，并在空中保持十秒钟，但却爬不上一棵苹果树。我拥有哲学博士学位，但德语却一窍不通。我已经爱上了你，但我不会为此采取任何行动。简言之，我是一个全能天才。'由于一次与那位天才相称的巧合，他的继女把她正在读的这本书给了她。朱莉娅·穆尔无疑已经忘记，两三年前我曾经占有过她。母女俩都酷爱旅游。她们到过古巴、中国和其他类似的单调乏味、原始蛮荒之地，对那里可爱而奇特的人津津乐道，而且还和他们交上了朋友。给我说说他的继父。他非常法西斯吗？不理解我为什么说R太太的左翼主义是一种普遍的资产阶级时髦。可事实恰恰相反，她和她的女儿都崇拜激进分子！也罢，我说，R先生与政治无缘。我心爱的人认为，这正是他的问题所在。太妃奶油般的脖子上戴一个小小的金十字架，还有一颗美人痣。苗条，健壮，危险！"

1　Déjanire，希腊神话中大力神赫拉克勒斯的妻子；大力神打败河神而得到得伊阿尼拉。

一〇

　　尽管他对自己做了那些沾沾自喜的评价，他还是采取了一些行动。他从古老的韦尔塞斯宫给她写了一封短信，再过几分钟，他要在这里和我们最重要的作家一起喝鸡尾酒，而这位作家的最优秀作品你并不喜欢。你能允许我去拜访你吗，比如星期三，也就是四号好吗？因为到那个时候，我将住在你们维特的阿斯科特旅馆，听说在那里即使在夏天也能看到精彩的滑雪。另一方面，我在这里逗留的主要目是要搞清楚，这老混蛋现在这本书到底要到什么时候才能写完。说来奇怪，现在回忆起来，直到前天，我才强烈地期盼至少应该见到这位大人物本人。

　　近期事态发展的冲击力，大大超出了珀森的预料。当他透过门厅里的一扇窗户向外窥视，注视着他从车上下来时，他的神经系统中没有响亮的名声和刺激的尖叫所形成的一片混乱，他完全沉醉于充满阳光的车厢里那位露出大腿的姑娘。可是R的出场却颇为壮观——英俊的车夫从一侧搀扶着肥胖的老头，黑胡子的秘书在另一侧扶着他，旅馆的两位穿制服侍者也在门廊台阶上试着模仿如何为他提供帮助。当过记者的珀森注意到，R先生穿一双光滑柔软的深可可色短统靴、一件柠檬色衬衫配丁香紫围巾、一件皱巴巴的灰色外衣，似乎没有任何特色——至少在一个普通美国人看来是如此。你好，珀森！他们在靠近酒吧的休息厅里坐了下来。

这两个人物的外貌和言谈增添了整个事件的虚幻性质。那位重要人物一身黏土般的化妆和虚伪的笑，以及塔姆沃思先生土匪式的胡子，仿佛是在上演写得很生硬的一幕戏，让无形的观众看；珀森则是个虚设的傀儡，极力避开不看这幕戏，好像他连人带椅被福尔摩斯隐身的女房东不断转动着。在简短而醉意朦胧的晤谈过程中，无论他的坐姿如何，目光朝哪个方向看，情况都是如此。和活生生的阿尔曼达比较起来，这一幕的确是假的，不过是蜡像而已。阿尔曼达的形象已经铭记在他心灵的眼睛里，在不同的层面上光芒四射，贯穿整个表演过程，有时是颠倒的，有时在他视野的边缘上若隐若现，但总是存在，总是真实而激动人心。他和她的相互寒暄客套，与此刻在这虚假的酒吧里发出的阵阵假笑相比，真实而大放异彩。

"唷，你的身体看起来的确很棒。"点过饮料之后，休说出了热情奔放的谎言。

R男爵五官粗俗，肤色灰黄，鼻子高低不平，毛孔很大，眉毛很粗显示好斗，目光自信，叭喇狗嘴，满口坏牙。在他的作品中，低级下流的创造力这一特征极为突出，这同样也表现在他预先准备好的讲稿中，此时他说，他的身体绝非"很棒"，而是觉得自己越来越像影星鲁本森，鲁本森曾在佛罗里达拍摄的多部影片中扮演过老匪徒。不过事实上并没有这样的演员。

　　"不管怎么说——你的身体好吗？"休问道，直逼他的弱点。

　　"长话短说，"R先生回答道（他说话的方式令人愤怒，不但喜欢炫耀那些使用率过高的俗套话，讲出来的自以为是的英语带有浓重的异国口音，而且还常常搞错），"我觉得身体不是太好，你要知道，是冬天里不好。我的肝脏，你知道，有点跟我过不去。"

　　他长长地抿了一口威士忌，用它漱口，这种方式珀森还真从未见过，然后十分缓慢地把酒杯重新放在矮桌上。此时只有他们两个人单独在一起，嘴里含着酒只能保持沉默。他把酒吞了下去，转换成他的第二种英语风格说话，很庄重，其特点十分令人难忘：

　　"失眠症和她的姐妹夜尿症折磨着我，这是当然的，但除此之外，我和一版邮票一样健壮。我看你以前一定没有和塔姆沃思先生见过面。这是珀森，以前读成帕森；这位是塔姆沃思：像英国种的黑斑猪。"

"不对，"休说道，"不是从帕森演变过来的，而是彼得森。"

"好吧，孩子。那位菲尔好吗？"

他们简短地议论 R 的出版商的精力、魅力和敏锐。

"只是他要我写的书都不对头。他要的是……"他用含糊的喉音说出了一位竞争对手写的一些小说的书名，也是由菲尔出版的——"他要的是《纨绔少年》，但是写成《苗条妓女》他也能接受，而我能提供给他的不是《特拉拉》，而是我的《多种喻义》的第一卷，也是最单调乏味的一卷。"

"我可以肯定地告诉你，他正在急切地等待你的手稿，已经等得极不耐烦了。顺便说一句……"

顺便说一句，好啊！应该有一个修辞学的名词，用来表示那种非逻辑的扭曲。顺便说一句，一个奇特的景观透过一种黑色的织物，显现出来。顺便说一句，如果得不到她，我会发疯的。

"……顺便说一句，昨天我遇到一个人，她刚见过你的继女……"

"是以前的继女，"R 先生作了纠正，"有好长时间不见了，我希望保持现状。同样的饮料，孩子。"（这句话是对酒吧间男招待说的。）

"当时的情景颇为引人注目。这就是那位年轻女性，她正在看……"

"对不起，"秘书热情地说，把他刚潦草写就的一张纸条折叠起来，交给休。

"R先生讨厌人家提及穆尔小姐和她的母亲。"

我并不怪他。可是休出了名的机敏圆通哪里去了呢？轻率的休对事态了解得很透彻，是从菲尔那里听来的，不是朱莉娅告诉他的，朱莉娅并不纯洁，但她是个寡言少语的小姑娘。

这一部分说的是我们的半透明化，相当枯燥乏味，但是我们必须完成自己的报告。

在一位雇佣的跟踪者的帮助下，R先生有一天终于发现，他的妻子马里恩正在与克里斯琴·派因斯发生暧昧关系，男方是导演过《金色窗户》（隐约可以看出是根据我们这位作者的最优秀小说改编的）的著名电影人的儿子。R先生对这件事持欢迎态度，因为他正十分殷勤地追求着朱莉娅·穆尔，他十八岁的继女，现在他对未来心中有数了；一个多情的好色之徒结婚三四次还没能满足欲望，还会有新的打算。然而，过了不久，他从同一个侦探获悉，英俊青年、青蛙脸的花花公子派因斯，是她们母女两个的情人，他曾有两个夏季在加州的加瓦里瓦为她们服务过。眼下，侦探正躺在台湾一家又热又脏的医院里，快死了。派因斯也不久于人世了。因此，此次分别引起的痛苦，比 R 预料的更甚。在这整个过程中，我们的珀森以他谨小慎微的方法（尽管实际上他比大个子 R 还高半英寸），恰好也在胆怯地应付着这纷纭复杂的事件的一小部分。

一一

　　　朱莉娅喜欢双手有力、眼神哀伤的高个子男人。休第一次
与她邂逅是在纽约一幢住宅里举行的派对上。几天以后，在菲
尔那里又与她偶然相遇，她问他想不想去看轰动一时的先锋派
戏剧《巧妙的噱头》，她有两张票，本来是她和她母亲要一起
去看，可是她母亲必须前往华盛顿办理法律事务（此事与离婚
程序有关，休猜得不错）：他愿不愿意陪她去？从艺术上说，
"先锋派"的意思几乎等同于迎合某种大胆而缺乏文化修养的
时尚，因此，当大幕开启时，空荡荡的舞台中央，一位裸体隐
士坐在一只破裂的马桶上，休并不感到惊讶，而是乐不可支。
朱莉娅咯咯直笑，准备度过一个愉快的夜晚。她那孩子般的手
无意中碰到休的膝盖，他动了心，怯生生地用自己的手抓住了
她的手。她生就一张娃娃脸，斜眼，黄宝石般的珠状耳垂，身
材苗条，橙色上衣配黑裙子，四肢关节纤细，异国情调的光洁
头发平整地覆在前额上，在男人的色眼中真是妙不可言，令人
开心。还有一个猜测几乎同样让休感到开心：尽管 R 先生曾

经对一位采访者吹过牛，说他有幸具有颇强的通灵神力，但是他此时此刻在他的瑞士住处注定会有一次吃醋的痛苦经历。

先前曾有谣言四处流传，说这出戏在首夜公演之后，可能遭受封杀。有一些粗暴的年轻示威者，对这种可能发生的事情表示抗议，迫使演出中断，实际上他们对演出是支持的。几个节日用的小型爆炸装置被引爆后，大厅里顿时充满了刺激性的浓烟，长蛇般的粉红色和绿色卫生纸燃起烈火，剧场里的人员全部撤离。朱莉娅说她沮丧至极，渴得要命。毗邻剧场的一家著名酒吧爆满，于是在"经过伊甸园式地简单化的道德观念的光辉照耀下"（R 在另一作品中如是写），我们这位珀森把姑娘带回了自己的寓所。他愚蠢地担心——在出租车上因为亲吻过于激情投入，他忍不住泄出几滴精液——自己会让朱莉娅的热切期待落空；朱莉娅——据菲尔说——早在她母亲那场灾难性的婚姻之初，就已经被 R 诱奸了。

休租用的单身汉寓所坐落在东六十五街，是他的公司为他找的。那些房间恰好就是几年前朱莉娅去看她最好的年轻男友之一的地方。她很有涵养，不说什么，但是那位男青年在一次遥远的战争中死去对她产生了巨大的影响，他的形象老是在盥洗室进进出出，要不就是摆弄冰箱里的东西，要么古怪地干扰她所做的一些小事，以致她不肯让休拉开她衣服的拉链，拒不和他做爱。当然，过了不很长的那么一段时间，她也就让步了，帮着大个子的休笨手笨脚地和自己做爱。然而，当抽动和气喘、心悸等常规程序刚一完成，休以强装的绅士风度走开去喝水，古铜肤色白皙屁股的吉米·梅杰的形象便立刻又取代了她眼前的瘦骨嶙峋的珀森。她注意到，从床上看过去，卫生间的镜子里映出的还是那些静物——一只木钵里放着一些橙子——跟吉姆在这里时那些短暂快乐的日子里摆放的一模一样；他是这种百年水果的贪婪消费者。当她环顾四周，发现这一虚幻图像原来是她扔在椅背上的鲜亮衣服的折叠部分的反映时，心里不免有些难过。

她在最后时刻取消了下一次幽会，并且很快启程前往欧洲。在珀森心里，他们之间的风流韵事所留下的，除了沾在绵纸上的一点淡淡的口红以外，几乎什么也没有——另外就只有曾经拥抱了一个伟大作家的情人的浪漫感觉。然而，时间会给这种一夜情添枝加叶，回忆起来就有了新的味道。

我们现在看到的是一张邮票的碎片和一个空酒瓶。大量的建设正在进行中。

一二

　　在维特周围，有大量的建设正在进行之中。有一个山坡整个儿是伤痕累累，泥泞不堪。就是在那个山坡上，他听别人说，他能找到纳斯蒂亚别墅。距它最近的周边环境多少进行过清理，在泥土和起重机的旷野里，在叮叮当当敲敲打打的嘈杂声中，形成一片安静的绿洲。商店环绕一株刚种下的小花楸构成一个半圆形，其中竟有一家时装商店闪亮登场。已经有人把废弃物扔在花楸树底下，如工人的空酒瓶，意大利报纸等。此时的珀森辨不清方向了，但是邻近摊位上一位卖苹果的妇女指点了他。一条过分热情的大白狗开始跟在他身后欢跳，让他讨厌，后来被那女人唤回去了。

　　他沿着一条铺上沥青、略显陡峭的小路往上走，一面是白围墙，上边露出冷杉和落叶松。墙上有一扇格栅门通往某野营地或学校。墙后面传来孩子们游戏的叫喊声，一只羽毛球飞出围墙，落在他脚下。他视而不见，他不是会为陌生人捡起东西的那种人——比如一只手套，一枚滚动的硬币。

再往前一点，在石墙间隙处，露出一小段台阶和一幢经过粉刷的小屋的门，上面有用法文草书写就的纳斯蒂亚别墅的标志。和 R 的小说中经常描写的情况一样，"按了门铃，无人应门"。休发现门廊一侧还有另外几级台阶，往下走（刚才还傻乎乎地费劲爬上来！），可以闻到黄杨树的刺激性潮湿气味。然后绕过屋子，进入它的花园。一个木板制的儿童戏水池只完成了一半，毗连着一小片草坪。草坪中央有一位肥胖的中年女士，四肢涂了刺眼的粉红色油脂，躺在折叠帆布躺椅上晒日光浴。一册《金色窗户里的人影》平装本，毫无疑问就是那本书，用一封折叠的信（我们认为珀森装作没有辨认出来会更明智些）做书签，放在紧紧裹着她肥胖身体的连衣裤泳装上。

娘家姓阿纳斯塔西娅·彼得罗夫纳·波塔波夫（这是一个令人肃然起敬的名字，她的已故丈夫把它读成"帕塔波弗"）的查尔斯·查玛夫人，是一个有钱的牲口交易商的女儿，布尔什维克革命爆发后不久，他带着一家人从梁赞[1]途经中国哈尔滨和锡兰，来到英格兰。她早已习惯于接待朝三暮四的阿尔曼达所弃而不爱的各种青年男性，可是这位新男友的打扮像个推销员，身上有某种气质（那是你的天才，珀森！）让查玛夫人

觉得困惑、心烦。她喜欢别人符合她的感觉。此时正与阿尔曼达在永远积雪的维特高山上滑雪的瑞士男孩就很符合。布莱克孪生兄弟俩也很符合。那位老向导的儿子也很符合，他名叫雅克，一头金发，曾获大雪橇比赛冠军。可惜我的休·珀森瘦长难看，满脸忧伤，一条难看的领带系在廉价的白衬衫上显得很土，穿一件令人难以接受的红棕色外衣，不属于她能接受的那种人。当被告知阿尔曼达正在别处自得其乐，可能不回来用茶点时，他毫不掩饰自己的惊讶和不快。他站着挠脸颊。他的蒂罗尔帽内侧因汗湿而变黑。阿尔曼达收到他的信了吗？

　　查玛夫人给了一个含糊的否定回答——尽管她可以查看那泄露天机的书签，但是出于一个母亲本能的小心谨慎，她没有这样做。相反，她啪的一声把平装书塞进了衣袋里。休脱口而出说道，他刚拜访过这本书的作者。

　　"他就住在瑞士的某个地方，对吗？"

　　"没错，他住在迪亚布朗内特，离韦尔塞斯不远。"

　　"迪亚布朗内特总是让我想起俄语中的'苹果树'：yabloni[1]。他的房子很漂亮吗？"

　　"嗯，我们是在韦尔塞斯的一家旅馆里见的面，不是在他

1　用拉丁字母转写的俄文，苹果树。

家里。听说他的房子很大很老式。我们讨论的是业务问题。当然，他家里总是轻浮之客满座。我会再过一阵子才去。"

他不愿意脱去外衣跟查玛夫人并排躺在草坪躺椅上休息。阳光太强使他觉得头晕，他解释道。"我们进屋里去吧。"他用法语说的这句话是从俄语忠实翻译过来的。休看见她吃力地想爬起来，主动提出要帮她一把。查玛夫人尖声叫他离她的椅子远一点，以免他的靠近使她产生"心理障碍"。她那肥胖笨重的身躯很不灵便，只有靠小幅度的精确扭动才能挪得动。为了取得最佳效果，她必须全神贯注想办法愚弄地心引力，直到什么时候体内咯噔一下，全身准确地猝然一动，出现像打喷嚏那样的奇迹。这时她一动不动地躺在椅子上，好像是中了埋伏，在她的胸口上，在彩笔描出的紫色拱形眉毛上方，无畏的汗水微微闪光。

"你这样做完全没有必要，"休说道，"我很乐意在这里的树荫底下等待，没有树荫可不行。我从没想到山里还会这么热。"

猛然间，查玛夫人的整个身体跳动起来，以致她那张躺椅的框架发出和人相似的惨叫。紧接着她就坐了起来，双脚着地。

"一切都很好，"她小心谨慎地宣布，站起身来，此时她身穿一件毛巾布长袍，形象变化之突然有如魔术，"来吧，我要请你喝一种美味冷饮，还要让你看看我的相册。"

所谓饮料原来是一大琢面玻璃杯的微热自来水，加进一匙自制的草莓酱，使之变浑，呈锦葵色。相册有四大本，摆在很现代的起居室里一张很矮很圆的桌子上。

"现在我要离开你几分钟，"查玛夫人说道，堂而皇之地爬上完全看得见又听得到的楼梯，到了同样公开透明的二楼。透过一扇打开的门，你可以看到一张床，透过另一扇门可以看到一个坐浴盆。阿尔曼达过去经常说，她已故父亲的这一艺术杰作是固定展品，吸引诸如罗得西亚和日本等遥远国度的旅游者前来观光。

那几本相册也和房子一样袒露，但比较不那么令人抑郁。唯一能引起我们情不自禁观赏兴趣的是阿尔曼达系列，开卷第一张是已故波塔波夫的照片，七十多岁，蓄灰白小帝髯，着中国式家居服，一副衣冠楚楚的样子。深深的婴儿床里躺着一个看不见的幼婴，他正在其上方用极小的短视动作划俄罗斯式十字。那些快照不仅跟踪阿尔曼达过去的所有阶段，而且还反映出业余摄影技术的不断提高，可是这位姑娘却是以各种天真无邪的裸体状态出现的。她的父母和阿姑阿姨们，那些一心想拍漂亮照片永不知足的人们认为，一个十岁的女孩，一个路德维希[1]之梦，实际上拥有和幼婴同样的全裸权利。来访者垒起一摞相册，不让站在他头顶上方的楼梯平台上的任何人看出他火热的兴趣，把小阿尔曼达洗澡的那些照片反复看了好几次，她把一个有长鼻的橡皮玩偶贴在自己发亮的肚子上，或者站起来让大人给她涂皂沫，露出屁股上的浅凹。在另一张照片中，她光着身子坐在草地上，正在梳理洒满阳光的头发，秀美的双腿又得很开，通过虚假透视效果，像个女巨人似的，尚未发育成熟的柔软部位（其中线依稀可辨，旁边的草叶片比较不那么垂直）暴露无遗。

他听到楼上冲马桶的声音，心生负罪之感，本能地畏缩一下，啪一声把厚厚的相册合上。他情绪低落地把心收回来，心跳逐渐恢复平静，但是无人从那该死的楼上下来，于是他又咕哝着重新翻阅起那些傻照片来。

第二本相册快翻完的时候，突然出现彩色照片，是为庆祝她进入青春期身穿鲜艳服装而拍摄的。照片中的她，有穿花连衣裙的，有穿时兴宽松长裤的，有穿网球短裤的，有穿泳装的，背景是商业色谱中的各种刺眼的绿色和蓝色。他发现她被

---

1 Lutwidgean，在这里，纳博科夫很可能是要提醒读者想到英国儿童文学家、数学家刘易斯·卡罗尔（真名 Charles Lutwidge Dodgson，1832—1898）和生于奥地利的英国哲学家、数理逻辑学家路德维格·维特根斯坦（Ludwig Wittgenstein，1889—1951）。

太阳晒黑的双肩上有优美的棱角，胯部的线条很长。他还发现，十八岁时，她的淡色头发飞泻如瀑，直至腰背部。任何一个婚姻介绍所都无法对其顾客就一位处女介绍出如此丰富多彩的优点来。在第三本相册中，他找到了回家的快乐感觉，照片展示的就是他此时的身边环境：房间另一端长沙发上的柠檬色和黑色坐垫，壁炉台上有一只钉在登顿式底板上的鸟翼蝴蝶标本。第四本相册不完整，开头几张闪耀着她最贞洁形象的火花：穿着粉红色毛风雪大衣的阿尔曼达、珠光宝气的阿尔曼达、阿尔曼达踩着滑雪板穿过甜蜜的尘雾歪歪扭扭前进。

终于，查玛夫人从这透明房子的楼上小心翼翼一步一步地走下来了，手抓住栏杆扶手，裸露的前臂果冻一样颤动着。这时她身上穿的是一件制作精巧、带荷叶边的夏季连衣裙，似乎她也和她女儿一样，连续经历了好几个阶段的变化。"别站起来，别站起来，"她高声喊道，用一只手在空中挥着，但是休坚持说他该走了。"告诉她，"他补充道，"你女儿从她的冰川回来时，你告诉她，我极为失望。告诉她，我会在可怜的维特村郁闷的阿斯科特旅馆待一个星期，两个星期，三个星期。告诉她，如果她不打电话，我给她打。告诉她，"他继续说道，此时正沿着一条很滑的小路往下走，时值金色黄昏，周围的起重机和动力铲都已经停止了作业，"告诉她，我的生活秩序已经被她，被她的二十个姐妹，被她过去渐次缩小的二十个形象打乱了。如果我不能得到她，我会死去。"

他和别的恋人一样，还是相当单纯的。面对这位肥胖而粗俗的查玛夫人，话也可以这样说：你怎么就敢把自己的孩子展示在敏感的陌生人面前呢？但是我们这位珀森模糊地认为，这只不过是在查玛夫人那一类人中流行的当代厚颜无耻潮流之一例。天啊，那是什么样的一"类"人呢？这位夫人的母亲是乡村兽医的女儿，休的母亲情况也是如此（在整个颇为可悲的事件中，这只是一个值得注意的偶然巧合而已）。把那些照片拿走吧，你这个愚蠢的裸体主义者！

她在午夜前后给他打电话，把他从一个短暂的，但肯定是不好的梦中惊醒（他在旅馆的尝酒室里吃了不少融化的奶酪和嫩土豆，还喝了一瓶绿酒）。他一手胡乱抓起话筒，另一手到处摸找他的阅读用眼镜。没有眼镜，他无法专注地听电话，因为一起发生的各种感觉会让他产生一些奇思狂想。

"是尤·珀森吗？"她的声音问道。

他能辨认出是她的声音，因为她曾经在火车上念过他给她的那张卡片上的内容，她把他的名字读成"尤"。

"对，是我，我是'尤'，我说你发错这个音错得特别可爱。"

"我没有发错什么音。瞧，我从来没有受到过……[1]"

"噢，你受到了！你丢掉了那个送气的音[2]，就像——像把珍珠丢进一个瞎子的杯子里[3]。"

"不对，正确的发音是'cap'[4]，我赢了。现在你可要听好了，明天我没空，星期五好吗——如果你能在七点整准备好？"

他当然能做到。

她邀请的是"珀西"，声称从此以后就叫他这个名字，因为他讨厌人家叫他"休"。她请珀西一起去德拉科尼塔玩夏季滑雪，他误听为"不热地"，于是脑子里便想象出一片浓密的森林，能保护浪漫的漫游者不受高山上中午蓝色烈焰的暴晒。他说他从未在假日里到佛蒙特的休格伍德去学滑雪，但是他很乐意陪她一起在林间幽径散步，他不仅想象有林间幽径，而且还想象有雪人用扫帚打扫得很干净——那是一种未经证实的瞬间幻象，即使最聪明的人也难免受其愚弄。

1　"我从来没有受到过"后面省略掉的应该是"夸奖"两个字，指前一句珀森说她"发错这个音错得特别可爱"。

2　指查玛夫人把他的名字"休"（Hugh）发成"尤"（You）的时候丢掉了字母 H 应该有的送气音。

3　珀森这句话的意思是，她发错音但错得很好听，而别人都没有这种欣赏能力，如同一个盲人无法欣赏珍珠的光彩。

4　英语中，杯子是"cup"，而"cap"是帽子。查玛夫人不但把"Hugh"说成"You"（你），还把"cup"说成"cap"。

一三

　　现在我们必须聚焦到维特的主街上来了，因为这是星期四，她打电话后的那一天。街上到处是透明的人和透明的变化过程，我们可以用天使或作家的愉快心情走进它们，穿透它们，但是为了写这份报告，我们只需要挑选珀森一个人。他不喜欢走远，只是在村子里随便走走看看，颇觉单调乏味。沉闷的车流滚滚而过，有些已疲惫不堪，正在艰难而小心地找一个地方停车，另一些则是来自或者正在前往北边二十英里处更加时髦得多的胜地图尔。他多次经过古老的喷泉，水从一段由中空的木头制成的刻有老鹳花草花边的槽里滴下来。他仔细察看了邮局和银行、教堂和旅行社，以及一处仍然被允许保存的黑色茅舍，有它的白菜地和稻草人十字架，位于供膳食的寄宿舍和洗衣坊之间。

　　他在两家不同的小酒店喝了啤酒。他在一家运动服装店门前徘徊，反复徘徊——买了一件漂亮的灰色高翻领毛衣，胸前绣有一面小小的很漂亮的美国国旗。"土耳其制造"，它不显眼的标签上写道。

他拿定主意，该再吃些点心了——结果发现她正坐在一家路旁饮食店里。尤改变方向朝她走过去，以为她是独自一人，后来发现在对面的椅子上还有第二只手袋，但已经太晚了。与此同时，她的同伴从供同性者约会的公共厕所里出来重新回到她的座位上，用那种可爱的纽约口音说道，带有那种妓女的炫耀味道，即使在天国他也能识别出来：

"那厕所实在荒唐可笑。"

与此同时，休·珀森未能去除笑容可掬的伪装，已经引起她们的注意，只好应邀和她们一起坐下。

邻座的一位顾客，长相很可笑地酷似我们都很喜欢的珀森已故的舅妈梅利莎，正在看《先驱论坛报》。阿尔曼达认为（此词用其不雅内涵）朱莉娅·穆尔一定见过珀西。朱莉娅认为自己见过。休也这样认为，的确是见过。那位长相酷似他舅妈的人允许他借用她那张空着的椅子吗？她很爽快地把椅子借给了他。她是个很和善的人，养了五只猫，住在一条白桦树林荫道尽头处的一幢小屋里，那是最安静的地区之一。

震耳欲聋的坠地碎裂声打断了我们的谈话，原来是一位面无表情的女服务员，一个可怜的女人，由于手脚不够利索，把放有柠檬汁和糕点的盘子掉在了地上。她蹲下来，以她特有的快速连续小动作收拾着，脸上依旧表情木然。

阿尔曼达告诉珀西，朱莉娅从日内瓦远道而来，向她请教一些短语的翻译问题。朱莉娅明天就要到莫斯科去了，她想带上这些译法，给她的俄罗斯朋友们"留下深刻印象"。此时的珀西实际上是在帮她继父的忙。

"是我以前的继父，谢天谢地，"朱莉娅说道，"顺便说一句，珀西，你外出旅行是用这个名字吧，你或许帮得上忙的。正如她刚才解释过了：我想获得莫斯科某些人的赞叹；他们答应过我，要带我去见一个著名的俄罗斯青年诗人。阿尔曼达已经给我提供了一些很好听的话语，但是我们被以下这些句子难住了，"（她从手袋里取出一张纸条）"我想知道这句话怎么说：'多么漂亮的一座小教堂，多么大的一堆雪。'你看，我们先把它翻译成法语，她认为'雪堆'应该是 rafale de neige，但是我肯定法语不会是 rafale，俄语不会是 rafalovich，不会是这一类他们在说'暴风雪'时所用的任何字眼。"

"你要的那个词，"我们这位珀森说道，"是 congère，阴性，这个词我是从我母亲那儿学来的。"

"这么说，俄语应该是 sugrob，"阿尔曼达说完又枯燥地补充了一句，"不过那里八月是不会有很多雪的。"

朱莉娅大笑起来。朱莉娅看样子既快乐又健康。朱莉娅甚至变得比两年前更漂亮了。现在我能在梦中看到长着新眉毛和新长发的她吗？梦追赶新时尚的速度能有多快呢？下一个梦里她还会继续保留那日本娃娃式的发型吗？

"让我给你叫点什么吧。"阿尔曼达对珀西说，可是并没有做出通常与这句话相对应的姿态来。

珀西觉得自己想要一杯热巧克力。在公众场合遇见老情人太令人激动了！阿尔曼达自然没有什么可害怕的。她属于一个完全不同的阶层，置身于竞争之外。休想起了 R 的著名中篇小说《三种时态》。

"我们还有点别的事情没有完全解决，阿尔曼达，你说是吗？"

"还说呢，我们已经为它花过两个小时了。"阿尔曼达颇有怒气地说——也许并没有意识到她是没有什么可害怕的。《三种时态》对此有淋漓尽致的描绘，写出一种完全不同、纯属知识或艺术层次的魅力来：一位时尚男人，身穿暗蓝色无尾礼服，正在灯火通明的游廊上与三位裸肩美女共进晚餐，她们是艾丽斯、比塔和克莱尔，以前彼此从未见过面。A（艾丽斯）是以前的恋人，B（比塔）是他现在的情妇，C（克莱尔）是他未来的妻子。

此刻他后悔自己没有同阿尔曼达和朱莉娅一样喝咖啡。巧克力不好喝。服务员给尤端来一杯热牛奶。尤还另外得到一点糖和一只很精致、勉强算得上是信封的东西。尤把这信封的上面一端撕开。尤把它里面装的淡棕色粉末加进自己杯子中已彻底搅匀的牛奶里。尤抿了一口——忙不迭赶紧加糖。可是那味道已经很枯燥、苦涩、走样，再加糖也无济于事了。

阿尔曼达一直在密切关注着他经历惊奇和无法相信的各个阶段，此时她笑着说：

"这一下你该知道瑞士的'热巧克力'是什么滋味了吧。我的母亲，"她继续说道，把脸转向朱莉娅（朱莉娅尽管实际上以自己的沉默寡言而自豪，但她还是以过去时态的颇带展示性的不拘小节，把自己的小茶匙伸向休的杯子，从里面舀出一点来），"我的母亲初次尝到这东西时，眼泪突然喷涌而出，因为她对自己的巧克力童年时代的巧克力仍然记忆犹新。"

"那味道简直糟透了，"朱莉娅附和道，一边还在舔着肥厚的苍白嘴唇，"但与我们美国的乳脂软糖相比我还是比较喜欢这热巧克力。"

"那是因为你是世界上最不爱国的家伙。"阿尔曼达说道。

过去时态的魅力在于它的神秘性。他对朱莉娅颇为了解，知道她一定没有对一位偶然相遇的朋友谈过他们之间的风流韵事——那在她的罗曼史中只不过是沧海一粟。因此，在这一宝贵而短暂的瞬间，朱莉娅和他（也可以说是艾丽斯和叙述者）之间形成了一种对过去的盟约，一种看不见摸不着、旨在抵抗现实的盟约，现实的代表是喧嚣的交叉街口、嗖嗖而过的轿车、树木和陌生人。三重奏中的 B 是比齐·威特，而主要的陌生人——这一点引起另一种激动——是他以后的情人阿尔曼达；阿尔曼达对于未来（作者对未来当然是每一个细节都了如指掌）如同对于休此刻正就着他那添加了棕色粉末的牛奶在重新品尝的过去一样，几乎一无所知。休是个多愁善感的呆子，而且也不见得是一个很好的人（好人的境界要比他高，他只是一个颇为可爱的人）。他觉得很遗憾，如此良辰美景没有音乐伴奏，没有罗马尼亚小提琴手为两个姓名首字母的交织、字母相互缠绕的人演奏动听的乐曲。甚至连小餐馆的扬声器播放《魅力》（一首华尔兹舞曲）的声音都听不到。但还是有一种背景节奏存在，那是由过路行人的说话声、陶器的叮当声、街角那棵令人崇敬的繁茂老栗树招来的山风组成的。

不一会儿，他们起身离开。阿尔曼达提醒他别忘了明天要去郊游。朱莉娅和他握手，还请求他为她祷告，因为她到时候要用俄语对那位充满激情、出类拔萃的诗人说 je t'aime[1]；用俄

---

1 法文，我爱你。

语说这句话听起来像用英语说"yellow blue tibia"[1] (带含漱音)。他们彼此分手。两位姑娘钻进了朱莉娅漂亮的小轿车。休·珀森动身返回旅馆，但又突然停住脚步，发出一声诅咒，又折回去取自己的小包。

---

[1]　意思是"黄蓝色罗马古笛"。

一四

星期五早晨。迅速地喝可口可乐。打了个嗝。匆忙剃须。他穿上普通衣服，外加高翻领毛衣，显得气派一些。照最后一次镜子。他从一只红鼻孔拔出一根黑毛。

这一天头一件令人失望的事发生在七点整，在他们约会的地点（邮政局广场）。他发现有三个年轻的运动员陪着她，分别叫做杰克、吉克和雅克。在第四本相册最新的几张照片里的一张上面，他曾看见过这几张古铜色的面孔围着她龇牙咧嘴地笑。在注意到他气得喉结动个不停的时候，她快活地说，也许他毕竟不会在意跟他们一起玩吧，"因为我们要爬山到夏季里开动运行的唯一缆车那里，如果你不习惯的话，那还真够你爬的。"雅克露出一口白牙，半搂着活泼的少女，悄声地对她说，那位先生应该换一双更结实的粗皮鞋，可是休反驳道，在美国随便穿什么旧鞋子都可以长途跋涉，甚至是旅游鞋。"我们希望，"阿尔曼达说，"我们能诱使你学习滑雪：我们的一切滑雪用具都保存在山上，由那里的管理人员保管，他一定能找出适合你用的来。上五次课，你就能学会有节奏地拐弯了，你行吗，珀西？我看你还需要一件毛风雪大衣，这里是海拔两千英尺，可能还是夏天，但是到了超过九千英尺的地方，你会发现那里是极地环境。""小姑娘说得对，"雅克说道，装出十分赞赏的样子，还拍拍她的肩膀。"从容地走四十分钟，"孪生兄弟中的一位说，"使身体柔软，好爬后面的山坡。"

很快就看出来了，休将无法跟上他们到达四千英尺线，赶上在维特北部乘缆车。原先所说的"漫步"变成了急速的疾走，比他在佛蒙特和新罕布什尔州经历过的学校野炊要艰难得多。小道起伏不断，上坡很陡，下坡很滑，又爬了几个大陡坡，顺着下一座山的山边走，旧车辙、石头、树根到处可见。阿尔曼达轻松地跟在轻松的雅克后面，休浑身发热，狼狈不堪，在阿尔曼达的金色圆发髻后面奋力挣扎前行。英国孪生兄弟殿后。如果步伐稍微悠闲一点，休也许就能完成这次简单的爬山活动，可是他那些无心无肺的伙伴们却毫不留情，只顾拼命使劲往前赶，爬坡时几乎是一路跳跃而上，下坡时则是兴高采烈地一路滑行而下，休伸开双臂，做出恳求的姿态，算是与大家协商。有人递给他拐棍，他拒不借用，但是经过二十分钟的折磨之后，他终于请求大家停下来喘口气。令他深感失望的是，当他在一块石头上坐下时，陪伴他的不是阿尔曼达，而是杰克和吉克。他低着头，气喘吁吁，鼻尖上悬着一滴珍珠般的汗水。孪生兄弟不爱说话，此时站在比他略高的小道上，双手叉腰，默不出声地相互交换眼色。他感到他们的同情心正在消失，于是请他们继续前行，他将随后跟上。他们走了之后，他等了一会儿，然后一瘸一拐地走回村里。在两片树林之间的一个地点，他再次停下来休息，这一次是在一个了无遮拦的悬崖上，那里有一条长凳，虽然没有眼睛，但仿佛充满渴望地面对着一片绝妙的景色。当他坐在那里抽烟的时候，他发现与他同行的那一群人已经在他上面很高的地方，蓝色的，灰色的，粉红的，红色的，正从一处峭壁上向他挥手。他挥手表示回应后，继续他的沉闷撤退之旅。

但是休·珀森拒绝放弃。他脚穿十分结实的鞋子，手持铁头登山杖，口嚼胶姆糖，第二天早晨再次和他们一起出发。他请求他们让他确定自己的步速，不必在任何地方等他，只要他不迷失方向，不误入木材采运作业道路的尽头被荆棘扎得浑身疼痛，他就能走到缆车那里。一两天后的又一次尝试取得了较大成功。他几乎走到了林木线——可是到了那里，天气变了，潮湿的雾气包围了他，他独自在一个臭烘烘的羊圈里发抖达数小时之久，等候旋转的雾气消散，太阳再次露脸。

又有一次，他主动提出要替她扛一副她刚弄来的新滑雪板，跟在她后面——那滑雪板形状怪异，像爬虫一样的绿色，是用金属和玻璃纤维做成的。滑雪板上复杂的皮靴固定装置，酷似用于帮助跛子行走的矫形设备。他被恩准扛那副贵重的滑雪板，起初感到轻得出奇，但很快就变得像孔雀石大石板一样沉，他步履蹒跚地跟在阿尔曼达身后，像在马戏场上帮助更换道具的小丑。他一坐下来休息，滑雪板立即被夺走，有人塞给他一个纸袋（四个小橙子）作为交换，但是他看都不看一眼就一手把它推开了。

我们这位珀森爱得固执，爱得深沉。似乎有一种神话般的元素将其哥特式的玫瑰水注入了他的一切努力之中，让他不顾一切地去攀登她那专制的城垛。第二个星期，他终于如愿以偿，从此以后，他就不再那么讨人厌了。

一五

　　休坐在德拉科尼塔小屋下面的冰川咖啡馆抿着朗姆酒，山间的空气中充满酒香，令人兴奋；他颇为自鸣得意地注视着滑雪场（看了那么多水和杂乱的青草之后，这里的景色堪称如梦如幻！）。他凝视上端滑雪路径上的薄冰层、下面的蓝色倒八字形上坡、色彩缤纷的小人影，小人影的轮廓像是一位大师，在耀眼的白色背景上随意涂抹而成。此刻，休自言自语道，这样的画面拿来做《克里斯蒂斯和她的女友们》的封面设计简直太棒了。那是一部了不起的滑雪运动员自传（经过编辑部多位编辑的彻底修改和充实），最近他刚对该书的打字稿做过文字编辑工作。现在他还记得，他曾对诸如"godilles"和"wedeln"（rom？）一类的名词提出质疑。一边喝着第三杯饮料，一边观赏那些油画般的小人飞速滑过，这里丢下一只滑雪板，那里扔下一根滑雪杖，或者在银色粉末纷飞中做出凯旋式的转向动作，堪称其乐无穷。休·珀森此时已改喝樱桃白兰地，他怀疑自己能否强制自己按照她所建议的去做（"这样一

位英俊、大个、邋遢、颇具运动员气质的美国人居然不会滑
雪！"），仿效随便哪一个同伴，以潇洒的蹲伏式姿态从山上直
冲而下，否则就注定要跌倒以后即暂停滑雪，让自己这么一个
笨手笨脚的大个子新手四脚朝天、怀着"反正学不好"的愉快
心情躺在那里歇息，注定要永远重复这样的过程。

　　他目眩，眼睛分泌物多，在众多的滑雪者中，从来无法确
定阿尔曼达的身影在哪里。然而，有一次，他自以为看出她来
了，滑得很飘逸，飞掠而过，身穿红色厚茄克，不戴帽子，身
姿极为优美，那儿，就在那儿，现在又到了那儿，跃过一个障
碍，急冲直下，越来越近，把雪杖夹在腋下弯腰作蹲伏状——
突然变成一个戴护目镜的陌生人。

　　不一会儿，她从阳台的另一侧走出来，身穿光洁的绿色尼
龙服，扛着滑雪板，但脚上还穿着大靴子。他已在瑞士的商店
里花足了时间研究滑雪服装，知道制鞋用的皮革已为塑料所
取代，系带已为硬夹所取代。"你这模样很像第一位登月的姑
娘。"他指着她的靴子说，要不是靴子刚刚合脚，所以把脚趾
裹得很紧的话，她的脚趾会在里面跷动，好比一个女人穿的鞋
子受到别人夸赞时她会跷动脚趾一样（跷动的脚趾代替嘴巴
答话）。

　　"你听着，"她凝视着自己的"蒙德斯坦性感"（令人难以

64

置信的商标名称）靴子说道，"我要把滑雪板留在这里，换上便鞋，我俩一起回维特去。我已经和雅克吵翻了，他已经和他的好朋友们走了。一切都过去了，感谢上帝。"

在高空缆车里，她坐在他对面，用比较委婉的措辞讲述了所发生的一切，稍后，她对他讲出了令人恶心的生动细节。雅克和布莱克孪生兄弟在他们的瑞士农舍里举行自淫聚会，要求她必须参加。有一次，他已经让杰克拿出自己的淫具来给她看，可是她跺脚，让他们放老实点。雅克现在已经向她发出最后通牒——要么她参加他们的肮脏游戏，要么他不再做她的恋人。尽管她在社交和性观念上都准备做一个超现代女性，但是这种游戏实在太令人作呕，太下流，像希腊一样古老。

缆车在回头重新升高之前，要不是有一位身强力壮的工作人员把它停住，它将会在天堂般的蓝色烟雾中永远地滑行了。他们走出缆车。缆车棚里春意盎然，机械装置谦卑地永不休止地运转着。阿尔曼达略显拘谨地说了声"对不起"，走出棚去。外面的蒲公英丛中站着一些母牛，邻近的点心摊传来无线电音乐声。

年轻恋人休显得有点胆怯，微微颤抖。他们顺着蜿蜒小路下山途中，很可能会在某处短暂停顿，他不知道自己有没有勇气在那时候乘机吻她一下。到了杜鹃花带那里，他们可能会停下来，她会脱去毛皮风雪大衣，他要把右鞋里的一个小石子取出来，届时他将伺机而动。杜鹃花和杜松逐渐为桤木所取代，熟悉的失望之声开始催促他把小石子和蝴蝶式亲吻之事暂时搁置，留待以后有机会再做。他们已经进入冷杉树林，她收住脚步，环顾四周说道（她的口气很随意，就像建议一起采点蘑菇或树莓一样）：

"现在有一个人想做爱了。我知道，在那些树木后面，有一个长满苔藓的好地方，不会有人来打扰我们，如果你做得快的话。"

地上有橘子皮。他想拥抱她，这一预备动作是他紧张的肉体所必需的（"快"是行不通的），但是她的身体像鱼一样突然一闪避开了，坐在欧洲越橘上脱鞋脱裤子。她的滑雪裤底下还穿着厚羊毛针织螺纹裤袜，他看了更加失望。她只同意把裤袜往下拉到必要的程度。她也不让他吻她，不让他摸她的大腿。

"得了，运气不佳。"她最后说道，但是当她曲身靠在他身上想把裤袜重新提上来时，他立即恢复全部力量，做成了她所期望的事情。

"现在有一个人想回家了。"事毕，她马上以她常用的中性腔调说道。他们默默地继续快步往山下走。

在小道的下一个拐弯处，维特的第一个果园出现在他们的脚下，再往下，可以看到一条小溪在闪光，一个贮木场，修剪过的场地，棕色农舍。

"我讨厌维特，"休说道，"我讨厌生活。我讨厌我自己。我讨厌那条可恶的旧长凳。"她停住脚步，望着他的手指恶狠狠所指的方向，他乘势抱住她。起初，她力图避开他的嘴唇，可是他拼命坚持。她突然顺从了他，小小的奇迹随即发生。她脸上的各器官以一种轻柔的节奏微妙地颤抖着，就像轻风吹皱水中的倒影。她的眼睫有些湿润，她的双肩在他的紧抱中抖动。那一刻的柔情喷发永远不可能再重复——或者说，在完成其节律中固有的全套过程之后，那样的时光就一去不复返了。然而那短暂的震颤——在那震颤中她与太阳、樱桃树以及那得到宽恕的景色一起融化——为他的新生活确立了基调，无论她的心情多么糟糕，无论她的变化无常多么荒唐，无论她的要求多么苛刻，新生活的本义总是"皆大欢喜"。那一吻，而不是在它之前的任何东西，才是他们求爱的真正开始。

她一言不发，从他的怀抱中挣脱出来。一长队小男孩，后面有一个男童子军团长，沿着陡峭的小路，朝着他们爬上来了。有一个小男孩爬上邻近的一块圆石，然后又跳下来，高兴地发出一声尖叫。"你们好。"他们的老师从阿尔曼达和休身旁走过时说道。"你好。"休作出回应。"他会以为你疯了。"她说道。

穿过山毛榉小树林，越过一条河，他们来到了维特的边缘。几幢盖了一半的瑞士农舍之间有一条捷径，他们顺着一道泥泞的斜坡而下，很快就到了纳斯蒂亚别墅。阿纳斯塔西娅·彼得罗夫纳在厨房里，正把花插进花瓶里。"你过来，妈妈，"阿尔曼达喊道，"zheniha privela[1]，我把我的未婚夫带来了。"

1　用拉丁字母转写的俄文，我把我的未婚夫带来了。

一六

维特有一个新网球场。有一天，阿尔曼达挑战休，要和他赛一场。

从童年时代起，我们这位珀森就有夜间恐惧的毛病，睡眠不佳一直是他的习惯性问题。问题分两方面。他被迫追逐一个会反复出现的某种黑色的、机械地活动的影像，有时达数小时之久——这是问题的一方面。另一方面是指，一旦入睡，睡眠会使他进入一种类似精神失常的状态。他无法相信，体面的人也会做荒唐下流的噩梦，使夜晚变得破碎不堪，白天还在他耳边嗡嗡作响。不论是朋友们偶然讲述的噩梦，还是弗洛伊德有关梦境的论著中所记载的个案及其令人发笑的阐释，都远不如他几乎每天晚上都会有的经历那么复杂，那么邪恶。

在少年时代，他试图解决问题的第一方面，采用的是作用比安眠药更好的巧妙方法（安眠药用量太轻，则睡眠时间太少；如果用量太大，则各种可怕的幻象更加逼真）。他偶然发现的方法是在脑子中不断重复一种户外运动节奏精确的连续抽打。他年轻时玩过、到了四十岁还能玩得动的项目唯有网球。他不仅球打得相当不错，从容自如，姿势优美（那是多年前从一位风度潇洒的表兄那里学来的，他在新英格兰学校给孩子们当教练，而他的父亲是该校校长），而且还发明了一种抽球法，无论是盖伊还是盖伊的姐夫，一位更加优秀的专业运动员，都打不出也接不住。这种球含有为艺术而艺术的成分，因为它无法对付低而难接的球，而且还要求有完美的平衡击球姿势（这在匆忙中不容易做到），所以单凭这一技术，他从未赢过一场比赛。珀森抽球法要求有刚硬的手臂，而且还要把强有力的抽打和黏着式的切削结合在一起，切削从击球起至抽打动作完成贯穿始终。击球（这是最微妙的组成部分）必须用球拍网的远端，球拍伸出去击球的时候，击球者的站位与球的弹跳点应保持相当距离。球必须跳得相当高，才能与球拍前部有适当的黏附性接触，不会有"旋转"的影子，然后推动"胶着的"球沿着坚定的轨迹前进。如果"黏附"的时间不够长，或者开始击球时太靠近中心，用球拍的中部，结果将是一个很普通的松软的慢曲线"臭球"，当然很容易接。但是如果控制准确，抽球时整个前臂似有粗糙的爆裂之声回响，球在强有力的控制之下就会笔直飕飕前冲，直扑靠近底线的某一点。击中地面时，它会黏附着地面，让你感觉到就像在击球时球黏附在球拍弦上一样。球在保持前冲速度的同时，几乎不离开地面。实际上，珀森认为，如果全神贯注地进行大运动量训练，这种抽球法可以做到让球完全不跳，而是以闪电般的速度在球场的地面上向前滚动。不跳离地面的球是谁也接不了的。毫无疑问，在不远的将来，这种抽球法会以违反规则、令人扫兴为由被禁用。但是，即使这种抽球法的发明者技术还很不成熟，它的效果已经相当令人满意了。接这样的球总是以失败告终，其狼狈相十分滑稽可笑，因为这种超低前冲球根本捞不起来，准确地击打更是无从谈起了。每当休使出他的"黏附式抽球"绝招时——令他遗憾的是，能打出这种球的机会并不多——盖伊和另一位盖伊总是既困惑又恼火。他们试图模仿这种抽球法，但最终只能打出无力的旋转球。休不把诀窍告诉这两位困惑的专业运动员，从而减少输球。其实秘诀不在切削，而在黏附，而且光有黏附还不够，击球点必须选择在球拍网弦的前部，伸出手臂的动作必须刚硬有力。后来，运用这种抽球法的机会逐渐减少，只能在偶尔为之的比赛中使用一两次，即使在这种情况发生之后的很长一段时间里他在思想上仍把自己的这一打法视同珍宝，长达数年。（事实上，他最后使用这种抽球法，是在维特与阿尔曼达较量那一天，她一怒之下走出球场，无论怎么哄她都无济于事了。）它的主要用途在于它是他引导自己入睡的手段。他在那些入睡前的练习中大大地完善了自己的抽球法，例如加速其准备过程（可以对付快速发球），学会在脑子里再现反手击球的镜像（不必像傻瓜一样绕着球奔跑）。他只要在凉爽柔软的枕头上为自己的脸颊找到一个舒适的地方，那种熟悉而坚硬的震颤感立即贯穿他的手臂，于是他一路猛击，一场接一场地打下去。睡梦中还出现其他一些有趣的场景：对昏昏欲睡的记者做解释，"既要削得狠，又要保证它不走样"；满心喜悦地赢得插满罂粟花的戴维斯杯。

他和阿尔曼达结婚后为什么放弃这种治失眠的特定疗法呢？肯定不是因为她批评他特别珍爱的抽球法是一种耻辱和令人讨厌的东西？是同床共眠的新鲜劲儿，以及在他的脑袋旁边有另一个脑袋在忙碌着，打乱了他这种催眠的——也是肤浅而自命不凡的——常规行为的私密性？也许是如此吧。不管怎么说，他放弃了尝试，并说服自己，每个星期有一两个完全无眠的夜晚对他不会构成什么伤害，在其他的夜晚，他便满足于重温当天经历过的事情（像自动装置一样凭借它们自身的力量自动运作），多半是日常生活中的烦心事和苦恼，偶尔会有"孔雀斑点"，这是监狱精神科医生对于"过性生活"的一种说法。

他曾经说过，除了难以入睡的麻烦之外，他还经历过做梦的痛苦？

做梦的痛苦，这个说法一点不错！在某些噩梦主题的反复再现这一方面，他可以与最好的精神病患者一比高低。在某些情况下，他能弄出第一个初稿，随后在相当长的时间间隔里搞出不同的几个版本，细节有了改变，情节有了完善，一些令人厌恶的新情景添加了进来，但是每次重写出来的都是那同一个故事的又一个版本，否则那个故事也就不存在了。让我们来听听那令人厌恶的部分。比如，在阿尔曼达去世前后，连续数年时间，有那么一个色情梦特别频繁地反复出现，每次出现都愚蠢地显得很紧急。那个梦被一位精神病医生（他是个怪人，父亲是一个不知名的士兵，母亲是个吉卜赛人）斥之为"过于直露"；梦中有人用鲜花装饰的大浅盘给他送来一个睡美人，垫子上放着可供选择的各种淫具。这些淫具在每次梦中出现，长宽不同，数量各异，种类有别。它们排成一列，十分齐整：有一根达一码长，是用经过硬化处理的橡胶做的，头部紫色；有一根擦得贼亮的粗短棒；还有较细像串肉扦似的东西，上面交替地串着一圈圈的生肉和半透明的猪油，如此等等——这些仅是随便列举的一些例子。选用某一种而不选用另一种——珊瑚的、青铜的或可怕的橡胶——并没有多大差别，因为无论他拿起来的是哪一种，其形状和大小立即发生变化，都和他自己的身体结构体系不相吻合，到了燃点就折断，或者在关节多少有断离的女人双腿或骨头之间裂成两半。他希望以最充分最犀利的反弗洛伊德力量强调下述观点。一个人在梦中所受的折磨与他在清醒生活中的经历没有任何关系，无论是直接的关系还是在"象征"意义上来说。色情主题只不过是诸多主题中的一种，正如《男妓》在这位严肃作家（他太严肃）的全部小说中只不过是一种非本质的离奇东西；最近有一部小说对他进行了讽刺。

在另一次同样十分不祥的夜间经历中，他发现自己正在试图止住从空间结构的一道裂缝中滴淌下来的微小颗粒之细流，或者企图改变其方向，但是在每一个可以想象到的方面受到阻碍，阻碍他的有蛛网状、裂片似的、细丝般的各种成分，有混杂在一起的大堆小堆和空洞，有尖利的瓦砾，有正在垮塌的庞然大物。最后他被大堆大堆的垃圾困住了，那就是死亡。比较不那么可怕，但是可能在更大程度上危及一个人的大脑的是"雪崩"式的噩梦，发生在突然醒来之际，这时候这些噩梦的样子在辗转反侧的深谷中变成言辞崩积层[1]的运动，深谷中的灰色圆石被称为受惊石，是因为它们的表面龇牙咧嘴充满困惑，而且还有黑色"瞪着的眼珠"。爱做梦的人是尚未完全丧

---

1 colluvia，地质学用语。

失动物式狡诈的白痴，下面这句绕口令点出了其思想上的致命弱点："无赖冒险"。

他做噩梦的情况愈演愈烈，医生对他说，很遗憾他没有在这种情况刚开始的时候就去找他的精神分析医生。他回答说，他没有自己的精神分析医生。医生非常耐心地回答说，这里用的代词不是所有格的意思，只是指的当地，举个例说，就像广告"去找你的杂货商"一句里的用法一样。阿尔曼达曾经看过精神分析医生吗？如果这指的是珀森太太，而不是一个孩子或一只猫，那么回答是否定的。她在少女时代似乎对新佛教或类似的东西感兴趣，但是在美国，新朋友们都催促她去做所谓的精神分析，她说，待她完成她的东方研究之后她会去试一试。

人们告诉他，叫她的时候直呼其名，只是为了营造不拘礼节的气氛。有一个人总是这样做。只是昨天，有一个人用这样的话让另一位囚徒感到完全不拘礼节：你最好把你的梦告诉美国人，否则你可能会烧死。休，或者说珀森先生，在他的梦中有"破坏性的冲动"吗？——这是一个还没有完全搞清楚的问题。这名词本身的意义也不完全清楚。雕刻家可以用凿子和锤子对一个无生命的物体进行雕琢，从而把破坏性的冲动加以理想化。大手术是彻底发泄破坏性冲动的最有用手段之一：有一位颇受敬重但是运气并不总是很好的外科医师私下里承认，在手术过程中，好不容易才控制住自己，不把所看到的每一个器官都切下来。每个人从婴儿期起都储存起一些不为人知的紧张情绪。休不必为此感到羞耻。事实上，在青春期，性欲是作为通常在梦中得到满足的杀戮欲的替代物而产生的，失眠只不过是一种担忧——担心在睡眠中觉察出自己无意识的杀戮欲和性欲。成年男性的梦，与性有关的大约占百分之八十。请看克拉丽莎·达克的发现。她独立调查了两百名左右的健康囚犯；他们的刑期当然因在实验中心宿舍过夜的次数而相应缩短。结果发现一百七十八名男囚在睡眠的"快速眼动"阶段有强劲的勃起，这一阶段的特征是幻象引起眼球好色地转动，一种本质的贪婪的目光。顺便说一下，珀森先生是从什么时候开始恨珀森太太的？没有答案。这种恨有可能从一开始就是他对她的感情的组成部分吗？没有答案。他曾经给她买过一件高翻领羊毛套衫吗？没有答案。当她发现套衫的颈部太紧时，他觉得恼火吗？

"我真要吐了，"休说道，"如果你继续不断地用那些令人讨厌的陈芝麻烂谷子来烦我。"

一七

现在我们要讨论的是爱情。

在群山之中，在适当的地点，在花岗石般内心的特殊私密处，在做得像邻近的斑驳岩石一样的钢铁彩绘表面背后，储存着多少有力的言辞，多少强大的武器！可是，在短暂的求爱与结婚的那些日子里，当休·珀森受到感动，想要表达自己的爱时，他却不知道该到哪里去寻找话语，才能说服她，才能打动她，才能让她锐利的黑眼睛流出闪光的泪珠！与此相反，他不经意间说出的话，既无意刺痛对方也不想取得诗意效果，只是一些琐碎的内容，却能突然让这位心灵枯干、本质上不愉快的女人作出歇斯底里般的快乐反应。自觉的尝试遭遇失败。有时候，在最灰暗的时刻，没有一丁点儿性意图，如果他中断自己的阅读，走进她的房间；双膝双肘着地，像一只欢天喜地的、无人描绘过的、生活在树上的树懒，朝着她爬过去，吼出对她的爱慕之意，阿尔曼达态度冷漠，叫他站起来，别像个傻瓜似的。他能想到的最热情的称呼——我的公主，我的心上人，我的天使，我的与众不同的人，我的魅力无穷的甜姐儿——只能激起她的愤怒。"怎么搞的，"她问道，"难道你就不能自然地像人那样对我说话吗，就像绅士对女士说话一样，为什么你非得表现得像个小丑一样呢，为什么你就不能显得认真、朴实、可信呢？"可是他说，爱情是绝对不可信的，真实的生活是可笑的，乡巴佬嘲笑爱情。他试图吻她的裙子褶边或者咬她裤腿上的折缝，她的足背，她狂怒的脚上的脚趾——在他匍匐前进的过程中，他那并不悦耳的声音不断咕哝着伤感的、怪异的、罕见的、普通的空话和大话，在他自己听来，可以说，爱情的简单表达变成一种颓废的类似鸟的表演，雄鸟独自起舞，不见雌鸟的影子——伸直长颈，然后弯曲，喙状头部下垂，颈部再次伸直。这一切使他自己感到羞愧，但是他又停不下来，她也无法理解，因为在这种时候，他总是想不出适当的话语，合适的水草。

尽管她并不可爱，但是他还是爱她。阿尔曼达有许多令人厌烦（虽然未必罕见）的特点，他把这些特点全都看成一个巧妙的谜团中的荒谬线索。她当面叫她母亲是"笨蛋"——她自然没有意识到，母亲和休一起前往纽约，会死在那里，她就再也见不到她了。她喜欢举办精心策划的各种派对，无论这一个或那一个亲切的聚会发生在多久以前（十个月，十五个月，甚至在她结婚之前，在布鲁塞尔或维特她母亲的屋子里），每一个派对和主题都永远留存在她纯净心灵的醉人白霜里。她回顾这些派对时，把它们视为跌宕起伏的人生经历帷幔上的星星，客人们则是她自己个性的极端体现：是一些弱点，这些弱点此后必须以怀旧的慎重态度来对待。如果朱莉娅或琼信口胡言说她们从未见过艺术评论家 C.（已故查尔斯·查玛的表亲），而在阿尔曼达的记忆中她们俩都参加过那一次派对，这样的话她就会很生气，以轻蔑的态度拉长声调对这一错误进行痛斥，同时辅以肚皮舞的扭身姿势："如果真是那样的话，来自伊戈老头（一家特殊商店）的小三明治你们一定也忘了，可当时你们吃得那么高兴。"休从来没有见过如此火爆的脾气，如此病态的自尊心，如此自我中心的性格。朱莉娅曾经和她一起滑雪溜冰，觉得她很可爱，但是多数女人对她都持批评态度，彼此电话聊天时爱模仿她那些攻击和反驳的可怜小伎俩。如果有人开口说"在我折一条腿之前不久……"，她会得意洋洋地插话说："我小时候两条腿都折过！"出于某种神秘的原因，她在公众场合对她丈夫说话，喜欢用挖苦的、总体上令人讨厌的腔调。

她有一些奇怪的突然想到的念头。他们在斯特雷扎度蜜月期间，在最后一个晚上（他的纽约办公室已经在吵嚷着要他回去了），她认定说，从统计数据来看，在没有安全出口的旅馆里，最后几个晚上是最危险的，而他们住的旅馆是旧式的大旅馆，一看就是最容易着火的。出于这样那样的原因，电视制片人认为，最上镜而且具有普遍吸引力的，莫过于一场大火。阿尔曼达过去在观看意大利电视新闻时，曾深感失望地，或者是装出深感失望的样子（她喜欢让别人觉得她好玩）在当地荧屏上看到下面这样一场火灾——小的火焰像障碍滑雪赛场上插的小旗子，大的像突然出现的恶魔，用来灭火的水柱构成交叉的弧形，像许多洛可可式[1]的喷泉；身着发亮防水油布制服的一点没有紧张样子的人在不真实的烟雾和毁损的场景中，指导出各种各样的混乱行动。那天晚上，在斯特雷扎，她坚持认为他们要演练一次在灾难降临之前的黑暗中像杂技表演似的逃生（他穿着短睡裤，她穿 Chudo-Yudo 牌睡衣），从他们住的四楼顺着旅馆过分装饰的表面往下爬到二楼，然后再从那里爬到长廊的屋顶上；长廊四周树木摇曳，仿佛是在表示抗议。休劝她不要瞎折腾，但无济于事。勇敢的姑娘断言，她是老练的攀岩运动员，只要有踏脚的地方就可以爬下去，而各种实用装饰、大量的突出部、零星分布的护栏小阳台，都为小心往下爬提供了立脚处。她命令休跟在她后面，同时手执电筒从上面对着她

---

1 rococo，一种建筑装饰艺术风格，其特点是精巧、繁琐、华丽。十八世纪初起源于法国，十八世纪后半期盛行于欧洲。

照。他还必须贴近她，必要时可以帮助她，拉着她让她悬在空中，从而增加垂直长度，好让她用光脚趾去寻找下一个立脚处。

休尽管上肢有力，但他是特别笨拙的类人猿。他把这一次英勇行动搞得一团糟。他被他们阳台底下的一个突出物挂住了。他的手电筒只能不稳定地照亮正面的一小部分，后来干脆从他手里滑落了。他从自己的歇脚处往下喊话，恳求她返回。脚下一扇百叶窗突然打开。休设法爬回自己的阳台上，虽然认定此时她一定已经完蛋了，嘴里仍然大声叫喊着她的名字。然而，最终她还是在三楼的一个房间里被找到了。他发现她裹着一条毛毯，仰卧在一个陌生人的床上，若无其事地抽着烟，陌生人则坐在床边的靠背椅里看一本杂志。

她的性怪癖使休深感困惑，备受折磨。在这趟蜜月之旅中，他只能默默忍受。当他把这位难对付的新娘带回纽约寓所时，这些怪癖已成为经常。阿尔曼达规定，做爱必须在喝茶时间前后，地点在起居室，像是在想象中的舞台上，同时总是伴以随意闲聊，两位表演者衣着得体，他穿最好的普通服装，系圆点花纹领带，她穿时髦黑色连衣裙，封闭到喉部。为适应生理特征，内裤是可以分开的，甚至也可以脱下来，但必须非常非常小心，不可让高雅的闲聊受到一点点干扰：急躁被视为不得体，暴露更是见不得人。用一张报纸或咖啡茶几上作摆设的大开本画册做掩盖，这些准备工作是可怜的休绝对必须要做的。在实际性交的过程中，如果他皱眉蹙眼或者动作笨拙，免不了还要吃苦头；从自己夹紧的杂乱裤裆里把长内裤拉下来已经够别扭了，还要与她盔甲般光滑的长袜发生清脆接触，但是远比这些更糟的是那个必须轻松地谈论朋友、政治、黄道迹象或仆人的前提条件。与此同时，明显的匆忙迹象是被禁止的，一切敏感而刺激的动作都必须偷偷摸摸地进行，最后，在一张不舒服的小型长沙发上以扭曲的半坐姿进行猛烈震动来结束。如果她在他面前把她的从虚构与现实的对比中所产生的兴奋隐藏得更彻底些（她以为已经很彻底了），休的中等性功能可能就经不住考验了；这种对比毕竟是有一些艺术奥妙的，要是我们想一想某个远东民族的习俗的话。那个民族的人实际上在其他许多方面是有智力缺陷的。不过他的主要支撑力量是一种从未落空的期待：尽管她努力地不断讲着轻浮的废话，但是脸上却出现了茫然的狂喜表情，她那可爱的五官逐渐显出傻样来。从某种意义上说，他更喜欢起居室的环境，而不喜欢她偶尔要求他在床上占有她的时候那种更加不正式的环境；他们盖着被子，她一边做爱一边还打电话，和女朋友说些闲言碎语，或者戏弄一个不熟悉的男人。我们这位珀森所具有的容忍这些情况的雅量、寻找各种合理解释的能力，以及其他等等本领，让我们觉得他很可爱，但有时也会引我们一笑，唉！例如，他自言自语，说她拒不脱光衣服，是因为她的乳房小而鼓，大腿上因滑雪事故留下伤疤，不好意思。愚蠢的珀森！

他们在充满诱惑、放纵不拘、寻欢作乐的美国度过的几个月婚姻生活，她是否始终对他保持忠诚呢？在他们的头一个也是最后一个冬季里，她有几次单独外出滑雪，去魁北克的阿瓦尔或科罗拉多的休特，都没带他去。独自一个人的时候，他不让自己沉溺于背叛的庸俗想法之中，比如和一个小伙子手拉手或者让他吻别道晚安。想象这些庸俗小事，如同想象纵欲的性交一样，令他极度痛苦。只要她不在身边，他的心灵钢铁之门牢牢关闭，但是她一回来，他看到她棕色的脸上发出亮光，身段和空姐一样苗条，身着蓝色外衣，扁纽扣像黄金硬币一样闪亮，他的可怕想象立即展开，十几个轻巧自如的运动员蜂拥而至，围着她转，使劲分开她的双腿，这就是他想象中发生在汽车旅馆里的情形，但是实际上，据我们所知，在这三次外出的过程中，与她发生过珠联璧合关系的顶级情人，也就那么十来个。

阿尔曼达为什么要和一个普普通通的工作还不很稳定的美国人结婚，谁都不理解，尤其她的母亲，但是我们对爱情的讨论到这里该结束了。

一八

二月的第二个星期，即他们死别之前大约一个月，珀森一家飞越大洋，前往欧洲小住几日：阿尔曼达要去比利时的一家医院看望她濒死的母亲（这位孝女来得太迟了），休则是遵公司之命，要去拜访 R 先生和另一位也住在瑞士的美国作家。

一辆出租车开到韦尔塞斯北面 R 先生又大又老又丑的乡间别墅前面，休下车时，雨下得很大。他沿着一条砾石小路往上走，两旁都有冒泡的雨水形成的小溪流。他发现前门半开着，他在门口地垫上跺脚擦鞋底时，看到朱莉娅·穆尔背冲着他站在门厅里的电话桌旁，心里觉得既搞笑又惊奇。此时她又和过去一样，头发做成发梢向内卷曲的齐肩发型，穿着和过去一样的橙色上衣。他刚擦完鞋底，她放下电话听筒，立即变成一个完全不同的姑娘。

"对不起，让你久等了，"她说道，一双笑眯眯的眼睛紧紧盯着他，"塔姆沃思正在摩洛哥度假，我是来替他的。"

休·珀森走进书斋，房间里配有很舒服的家具，但显然是老式的，光线严重不足。一排排的百科全书、辞典、各种指南，还有作者保存的自己的书的各种版本和译本。他在一张低背安乐椅上坐下来，从公事包里取出一份待讨论的问题清单。两个主要的问题是：如何改变《多种喻义》打字稿中读者一看就知道所指是谁的某些人物？这个在商业上肯定行不通的书名该怎么处理？

俄顷，R先生进来了。他已经三四天没有刮胡子了，身穿可笑的蓝色工作服，他觉得这样便于他把各种写作使用的工具带在身上，如铅笔、圆珠笔、三副眼镜、卡片、大夹子、橡皮圈，还有——不让人看见的——匕首；几句客套话之后，他拿出对准我们这位珀森。

"我只能再重复一遍，"他说道，瘫坐在休让出来的一把扶手椅里，示意他坐对面的另一把相同椅子，"我已经说过不止一次，而是多次了：你可以改变一只猫，但是你不能改变我笔下的人物。至于书名，它可是'隐喻'这个词的极为体面的同义词，再野的骏马群也无法把它从我身子底下拉走。我的医生让塔姆沃思把我的酒窖锁上，他照办了，还把钥匙藏起来，锁匠在星期一之前无法复制一把。你知道，我这个人太高傲，不肯将就买村里的廉价酒，这样我能拿出来请你的——你提前摇头，你做得很对，孩子——就只有一罐杏汁了。现在请允许我对你谈谈有关书名和诽谤的问题。你可知道，你给我的那封信把我的脸都气黑了。我被指责轻视次要人物，可是我的次要人物是碰不得的，如果你允许我用一个双关语的话。"

他接着解释说，如果你的真正的艺术家选择了以一个活人为基础写出一个人物，那么任何意在伪装那个人物的重写就等于毁坏了那鲜活的原型，你知道，这就像用一根针刺穿一个小泥娃，隔壁的小姑娘立马死掉一样。如果作品是唯美的，如果作品中不但有水，而且有酒，那么它在某种意义上是无懈可击的，而在另一种意义上则是不堪一击的。说它不堪一击是因为，当胆小的编辑让艺术家从"苗条"变"肥胖"或者从"棕色"变"金黄"时，他既损毁了形象和容纳形象的神龛，也损毁了神龛周围的整座教堂。说它无懈可击是因为，无论你如何大刀阔斧地改变形象，凭着留在故事结构中的伤痕的形状，其原型仍然可以辨认出来。而除了这一切之外，他被指控把他们作为描绘对象的那些人根本无所谓，他们不会主动出来对号入座，表示愤怒。实际上，正如法国人所说的，他们在文学沙龙里听到旁人的议论，会采取心照不宣的态度，而且颇为得意。

书名——《多种喻义》——的问题是一件截然不同的事情。读者没有意识到书名有两类。有一类是书写出来之后，由笨蛋作者或聪明出版商拟就的。那只不过是粘贴上去的一个标签，再用拳头的侧面抚平。最差的畅销书书名，大多属于这一类。但是还有另外一类：书名就像一个水印，全书自始至终都能看得出来，它是与书同时诞生的，是作者在成年累月一页一页的写作积累过程中早已习惯了的，与全书的每一个部分和整体形成了血肉不可分的关系。不，R先生绝不可能放弃《多种喻义》这个书名。

休斗胆提出，为发音方便，可以用"l"代替三个"t"中的第二个[1]。

"纯属无知。"R先生叫喊起来。

他那位小个子漂亮秘书脚步轻捷地走进来，提醒他不能激动，不能太累。那位了不起的大人物吃力地站起来，颤颤巍巍，龇牙咧嘴，伸出一只毛茸茸的大手。

"就这样吧，"休说道，"我回去一定告诉菲尔，对于他提出的两个问题，你的立场是多么坚定。再见吧，先生，下个星期你就能收到封面设计的样张。"

"再见，再见。"R先生说。

---

1 《多种喻义》的英文为 *Tranlatitions*。

一九

　　我们回到纽约。这是他们最后一个晚上在一起。

　　大胖子波林伺候他们美美地吃了一顿晚餐（或许有点太油腻，但并不过量——他们俩食量都不大）后，洗完碗碟，按平常的时间离开（大约九点十五分）。波林是他们和一位比利时艺术家共同雇用的女家政，艺术家住在他们上一层的顶层公寓里。因为波林有一个令人讨厌的习惯，喜欢坐下来看一会儿电视，阿尔曼达总是要等她走了，才能舒心地看自己的节目。此时她打开电视机，看了一会儿，然后不断换频道——接着厌恶地哼了一声，干脆把电视关了（她在此类事情上的好恶毫无逻辑可言，她可以充满热情地定时收看一两个节目，或者与此相反，一星期不摸电视机，似乎是在对这种奇妙的发明进行惩罚，而电视机的过错只有她自己知道。面对她对演员和评论员的无名仇恨，休往往选择不予理睬。她翻开一本书，可是菲尔的妻子打来电话，邀请她明天一起去看一出女同性恋歌剧预演，演员全部是女同性恋者。她们的对话持续了二十五分钟，

88

阿尔曼达用的是亲密的低声调，而菲尔斯讲话的声音却十分洪亮，休坐在一张圆桌旁，正在修改一批长条校样，如果他想听的话，可以清楚地听到她们双方滔滔不绝的琐碎话语。但他没有这样做，而是回到假壁炉旁的灰色长毛绒长沙发上，心满意足地看着一份阿尔曼达递给他的摘要。和往常一样，大约十点钟左右，突然从楼上传来十分刺耳的连续撞击声和刮擦声：又是楼上那个笨蛋，正在把一件不可理解的笨重雕塑（目录登记为"Pauline anide"[1]）从他的工作室中央拖到夜间放置的角落里。阿尔曼达的反应一成不变，望着天花板说，要不是这位邻居那么和蔼可亲，乐于助人，她早就向菲尔的表兄（他负责管理这幢公寓大楼）提出抗议了。恢复平静之后，她开始寻找电话铃响之前她手里捧着的那本书。阿尔曼达的丈夫每次注意到干净利落、颇有效率、头脑清楚的妻子身上反映出来的人们分心时的美感和无助，总会感到一股特殊的柔情流遍全身，从而对不很快乐的人们称为"生活"这东西的令人厌烦或难以忍受的丑陋持宽容态度。此时他发现了她可怜兮兮找不到的那本书（在电话旁的杂志架上），把书递还给她，于是获准毕恭毕敬地轻吻她的太阳穴和一绺金发。事毕，他重新开始看《多种喻义》

1　正如文中所说，这个雕塑的名称"不可理解"；纳博科夫有时喜欢生造一些词儿跟读者开玩笑，实际上并无特别的意思。

的长条校样，她看她的书；那是一本法国旅游指南，列出许多豪华餐馆，标有餐叉记号和星号，但是有三个或更多的塔楼、有时可见一只红色小歌鸟停在树枝上的"舒适、安静、地点好的旅馆"不很多。

"这里有一个奇趣巧合，"休说道，"是他笔下的人物之一，在相当淫秽的一段文字里——顺便问一句，'Savoie'与'Savoy'[1]，哪个对呢？"

"巧合在何处？"

"噢，他笔下的一个人物正在向一位姓米什林的人请教说，加斯科涅的康登和萨瓦的帕西[2]之间相隔许多英里吧。"

"萨瓦是一家旅馆，"阿尔曼达说道，连打了两个呵欠，第一个还咬着牙，第二个则嘴大开，"我真不知道自己为什么会这么累，"她补充道，"但是我知道，老这样打呵欠只会延迟睡眠。我看今天晚上我得试试新药片了。"

"你不妨试着想象自己踩着滑雪板从十分平整的斜坡飞掠而下。我小时候经常在脑子里打网球，往往颇有效果，尤其是

1　在法语中，"Savoie"就是"Savoy"，可译为"萨瓦"，是法国东南部的一个地区。

2　"康登"的原文为 Condom，如小写意为"避孕套"；"帕西"的原文为 Pussy，如小写意为"女阴"。

用新的很白的球的时候。"

她继续坐了一会儿，陷入深思，然后离开座位，到厨房里去取一只玻璃杯。

一组校样，休喜欢看两次，一次专挑文字方面的毛病，一次发现文本的优点。他认为，如果先用眼睛检查，然后用心灵去感受乐趣，效果更好。此时他正在享受后者，尽管他无意寻找差错，但仍然有机会抓到一个漏网的差错，不是他自己的就是印刷商的。他还以极其谦虚谨慎的态度，在另一份校样（专为作者预备）的页边空白处提出一些有关风格表现手法和拼写方面的问题，希望这位了不起的大人物能理解，受到责疑的不是天才，而是语法。

和菲尔进行长时间磋商之后，终于作出决定，对于 R 不加掩饰地描写自己复杂的爱情生活可能引起的诽谤风险，不作任何处理。他已经"以孤独和痛悔为它付出过一次代价，现在他准备为他的故事可能伤害到的任何一个傻瓜支付现金补偿"（引自他最近的一封信，略作删节、简化）。R 的书有一章写得很长，内容比他批评过的时髦作家的胡吹乱侃更加放荡不羁（尽管措辞冠冕堂皇），描绘一对母女为讨好其年轻情人，在风景优美的峡谷上方之山体突出部上，在其他一些比较不危险的地点，对他极尽抚摸亲吻之能事。休对 R 太太不够熟悉，无法评估她与书中主妇（乳房下垂，大腿松弛，交媾时像浣熊一样直叫唤，如此等等）的相似程度。但是那女儿的风度和举止、气喘吁吁地说话，还有许多其他特征，虽然他不能肯定他很熟悉，但是与实际情况相一致，肯定就是朱莉娅，尽管作者让她的头发变成金色，而且有意弱化她的美貌的那种欧亚混血性质。休津津有味、神情专注地看着校样，但是透过连贯的文本之半透明性，他和我们中间的一些人试图做的一样，还是边看边改——这里修补一个破碎的字母，那里标明是斜体字，他的眼睛和脊柱（真正的审稿人的主要器官）互相合作，而不是互相妨碍。有时候他搞不清楚某一个短语是什么意思——"rimiform"到底指的是什么，一只"balanic 李子"是什么模样，该不该把"b"改成大写，并在"l"后面插入一个"k"？他在家里使用的那本辞典，信息量不及办公室里的那本破旧大词典。此时他被一些美丽的言词难住了，如"all the gold of a kew tree[1]"、"a dappled nebris[2]"等。他对一个次要人物的名字"亚当·冯·利布里科夫[3]"中间那个词提出疑问，因

1　此词组中的"kew"疑为纳博科夫生造，整个词组直译应为"kew 树的全部金子"，是讲不通的。

2　此词组中的"nebris"疑为纳博科夫生造。

3　Adam von Librikov，系纳博科夫用自己的姓名 Vladimir Nabokov 以回文构词法杜撰出来的一个姓名。

为这个德文语助词与其余的词发生冲突，或者这整个组合就是一个诡秘的混乱一团？最后他取消了自己提出的疑问，但是另一方面，他在另一段中保持了"Reign of Cnut"的原样：在他之前，一个职位较低的校对员曾提出建议，或者对最后一个词的各个字母进行位置调整，或者把它改正为"the Knout[1]"——她是俄裔，和阿尔曼达一样。

我们这位珀森，我们这位审稿人，不能肯定自己完全赞成R先生这种绚丽但又不合规矩的风格，但是在精彩处（如"月亮布满光点，出现雾虹"），它能极有力地引起读者的感情共鸣。他还发现自己试图借助虚构资料，确定作者在什么年龄，在什么情况下开始让朱莉娅变坏：是在她的童年时代吗——在她的洗澡盆里挠她的痒，吻她的湿肩膀，然后有一天用大毛巾把她裹起来拖到他的床上去，就像小说中描绘得甜滋滋的那样？或者是他在她上大学一年级的时候与她调情，当时有人付给他两千美元，要他给为数众多的大学师生和大学城居民听众朗读自己写的某一短篇小说，那小说以前已反复发表过多次，但确实写得妙极了？有那样的天分多好啊！

1　皮鞭（旧时俄国的一种刑具）。

二〇

现在已经过了十一点。他把起居室里的灯熄了，打开窗户。三月的夜风吹拂着房间里的某种东西。一块写着"多普勒"的电动招牌，透过半拉开的窗帘，变成紫色，照亮了他留在桌上的死白纸张。

他让自己的眼睛渐渐适应隔壁房间里的黑暗，不一会儿，他偷偷溜了进去。她刚入睡时通常都会发出连续而清脆的撞击式鼾声。你会觉得不可思议，如此苗条秀丽的女孩竟能搅起如此沉重的震颤声音来。他们结婚的初期阶段，休为此很烦恼，因为它隐含着鼾声彻夜持续的威胁。但是有些情况，比如外来的声响、她在梦中一震、温顺的丈夫小心地清嗓子等，都可能使她动弹起来，叹息，咂嘴唇，或许还翻身侧卧，接着便睡得悄无声息了。今晚，这一节奏变化的发生，显然是他还在起居室里工作的时候，此刻，唯恐整个循环再度发生，他想尽可能安静地脱去衣服。他后来想起，先前曾小心翼翼地拉开一个嘎吱声响特别大的抽屉（在别的时候他从未注意到它的声响），取出一条新三角裤，代替睡衣穿上。他低声诅咒那破抽屉发出愚蠢的悲叹，不敢再把它推进去。但是当他踮起脚尖，开始走向双人床自己的一侧时，木头地板又接着嘎吱嘎吱响起来了。这下把她吵醒了吗？是的，吵醒了；迷迷糊糊地在床上翻了个身，她小声抱怨太亮了。其实黑暗中的那点亮光是从起居室里成一定角度折射进来的，因为他让起居室的门半开着。此刻，他把门轻轻关上，摸黑到床上去。

他睁眼在床上躺了一会儿，听着另一种持续不断的细小声音，那是水滴在一个有毛病的暖气装置下面的油地毡上发出的滴答声。你说你觉得会要度过一个不眠之夜了吗？那倒未必。其实他觉得很困，不必服用他偶尔使用的具有惊人效果的"墨菲药片"，但是尽管他昏昏欲睡，他还是意识到有许多烦心事已经涌上心头，随时可能发起猛扑。什么烦心事？都是些普通的事情，既不很严重也没有什么特别。他仰卧着，等待它们聚集起来；当他的眼睛适应了黑暗，淡淡的影子悄悄回到它们在天花板上的惯常位置时，各种问题聚集起来了。他想起他的妻子又在假装有妇科病，不让他靠近；她可能在其他许多方面也有欺骗行为；他在某种意义上也背叛过她，对她隐瞒了自己和另一位姑娘有过一夜情，从时间上说是在婚前，但从空间上说就在这个房间里；为他人作嫁衣裳，为别人出书，是一种低下的工作；他对妻子的爱和柔情与日俱增，与此相比，无论是永久的枯燥工作，还是暂时的不如意，都算不得一回事；他下个月得找个时间去看眼科医师。他用一个"n"取代错误的字母，[1]继续审阅五颜六色的校样，此时的校样是黑暗中的封闭幻象变出来的。两个长音节缩短的情况一起出现，使他突然完全清醒过来，他对未加管教的自我承诺，他将限制每天的吸烟量，只在几个心跳很快的时刻抽烟。

"后来你睡着了吗？"

"是的。我可能还拼命想辨认出一行模糊的印刷字体，可是——对，我睡着了。"

"断断续续的，我猜想？"

"不，恰恰相反，我从来没有睡得这么沉。你知道，前天晚上我只睡了几分钟。"

"好。现在我在想，你是否知道附属于大监狱的心理学家们在研究许多其他问题的同时，一定也研究过死亡学中关于暴力致死的手段和方法的那个部分？"

珀森发出一个疲惫的否定声音。

"好吧，那就让我这样告诉你吧：警察喜欢了解犯法者使

1　原文中上一句的"月"字拼写成 mouth（嘴），正确拼法应为 month。

用的是什么工具，而死亡学者希望知道的是为什么和如何使用这种工具。这样你明白了吗？"

疲惫的肯定。

"工具就是——工具。事实上，它们可以成为工人的一个组成部分，比如说，丁字尺和木匠就有着密不可分的关系。或者说工具是有血有肉的，就像这些东西。"（抓起休的双手，拍完这只拍那只，把它们放在自己的手掌上展示，又好像是要开始做某种儿童游戏。）

对方把手像两只空盘子还给了休。接着，他听到解释说，要扼死一个年轻成人，通常使用的是两种方法之一：业余的是从前面发起攻击，效果不太理想，比较专业的是从后面袭击。头一种方法用八个指头硬扼住受害者的脖子，两个拇指压住他或她的喉咙。但是这样做有风险，她或他可能用双手抓住你的手腕，或者完全击退你的侵害。第二种方法从后面，保险得多，双手拇指使劲压住男孩的后颈，女孩就更好了，其他的手指头扼喉咙。我们把第一种方法叫做"Pouce"，第二种方法叫做"Fingerman"。我们知道你从后面发起攻击，但会产生下面的问题：当你打算扼死你妻子的时候，为什么要选择Fingerman？因为你本能地感觉到，用这种办法夹住对方的脖子，突然而有力，成功的机会最大？或者是你脑子里还有其他的主观考虑，比如你很不愿意看到她的脸部表情在此过程中发生的变化？

他没有打算过做任何事情。虽然历经可怕的无意识行为，但他始终在睡觉，直至两人掉在床边的地板上才醒过来。

他曾提及梦见房子着火了？

没错。火焰到处喷射，无论你看到什么，都得透过红色的玻璃状可塑性物质的条状物。他的一夜情女友已经猛地把窗户打开。噢，她是谁呢？她来自过去——大约二十年前，他头一次出国，偶然结识的一个妓女，是个可怜的混血姑娘，但实际上是美国人，很讨人喜欢，名叫古乌利亚·罗密欧，她的姓在古意大利语中的意思是"朝觐者"，但在当时我们都是朝觐者，所有的梦都是白天生活现实变换了顺序之后的重新组合。他在她身后急追，不让她从窗口跳出去。窗户又大又低，宽宽的窗台用布包着，里面有护垫，在那冰与火的国度，这是惯常的做法。如此冰川，如此黎明！古乌利亚，或者说朱莉，被照亮的身体外面穿着一件宽松直筒连衣裙，俯伏在窗台上，双臂伸开，手指仍触及窗户。他越过她往下看，远远的，在下面，是院子或花园的深谷，同样的火焰在舞动，像是红纸做成的舌状物，犹如童年时代在雪封的日子里过圣诞节的时候，节日的商店橱窗里放着仿造的圣诞夜壁炉里燃

烧的大原木，一台隐蔽的通风设备吹出风来，让纸制的火舌
围绕着大原木飘动。无论是跳下去，还是试图利用亚麻布打
结连成的布条爬下去（一位中世纪的长脖子女店员，有点像
佛兰芒人，正在他的梦背后的一面金属镜里演示如何打结），
在他看来都是疯狂举动，可怜的休竭尽全力制止朱莉叶。为
了尽量把她抓牢，他从后面紧紧抓住她的脖子，两只长着方
形指甲的大拇指扎入她闪着紫光的后颈，八个手指头紧紧压
住她的喉咙。气管的蠕动情况被显示在科学影院的屏幕上，
院子里或街道上都能看到，但是在其他方面，一切都已变得
十分安全而舒适：他把朱莉娅夹得紧紧的，如果在她的为逃
脱火灾而进行的自杀式挣扎中，她未曾从窗台上滑落下去并
把他一起带入虚无境界，他本来是可以救她免于一死的。多
么精彩的坠落！多傻的朱莉娅！什么样的运气呀！据街上的
消防员和山路向导用 X 射线显示，罗密欧先生仍然紧紧抓着
她咽喉下部被扭曲的环状软骨，使之变形，并产生断裂。他
们飞得多潇洒呀！超人怀里抱着一个年轻的女人！

　　触地时的冲击力比他预期的要小得多。这是一个华美乐
章，不是一个病人的梦，珀森。我还得说说你的情况。他伤了
手肘，她的床头柜和那盏灯、一个不倒翁、一本书一起倒下，
但是赞美艺术吧——她安然无恙，她在他身边，她纹丝不动地

躺着。他摸索到倒下的灯,在它异乎寻常的位置上利索地把它点亮。他一时竟不知道自己的妻子在那里干什么,俯卧在地板上,金发撒开,仿佛是在飞翔。此时他凝视着自己局促不安爪子般的双手。

二一

亲爱的菲尔：

毫无疑问，这是我写给你的最后一封信。我就要离开你了。我离开你，是要去投奔另一位更了不起的出版商。在那家出版社里，我的文稿将由二级天使[1]校对——或者被魔鬼印错，这得看我的心灵被分配到哪个部门。再见吧，亲爱的朋友，愿你的继承人能把这部书稿拍卖出最好的价钱。

我不喜欢把我的文稿给汤姆·塔姆或他手下的男打字员看，这就是为什么它完全是我亲笔书写的。在波伦亚的一家医院唯一的个人病房里做了一次糟糕透顶的手术后，我现在已病入膏肓。好心的年轻护士会帮我把它邮寄出去。她比划着可怕的切割动作，告诉了我一些情况，我出手大方地付给她酬金，即使她愿意和我做爱（如果我还有男人的能力），我的慷慨程度也不过如此。实际上，她告诉我生死攸关的信息比跟我做爱还要宝贵。根据我这位杏眼小间谍提供的情况，昨天那位了不起的医生蠢驴般龇牙咧嘴地对我宣布手术取得圆满成功完全是在撒谎，但愿他自己的肝脏烂掉。欧勒[2]把零称为完美的数字，从这个意义上说，医生的手术堪称完美。实际情况是，他们把我的身体切开，看到我的肝脏已经腐烂，惊恐万状，碰都不敢碰它一下，又重新把我缝合起来。

我不会拿塔姆沃思的问题来打扰你。今天早上他来访我的时候，你应该已经看到那长椭圆体形的家伙，长满胡须的嘴唇上，一副自鸣得意的表情。正如你所知道的——人人都知道，甚至包括马里恩在内——他对我的事什么都要管，无孔不入，收集我带有德语腔调的每一个词，活着的时候，他完全控制我，现在我要是死了，他还可以写我的传记。我还要写信给我的律师和你的律师，告诉他们，在我死后，为了每次都能挫败塔姆沃思迷宫般的阴谋诡计，我希望他们采取什么措施。

我爱过的唯一孩子是令人陶醉、缺乏理智、变幻莫测的小朱莉娅·穆尔。我拥有的每一分钱，能从塔姆沃思手中夺回的我的全部文稿，都应该归她所有，不管我的遗嘱中有什么模棱两可、含糊不清的地方：萨姆知道我指的是什么，他会采取相应行动。

我的杰作的最后两部分在你手里。我感到遗憾的是，

1　cherubim，天使分九级，二级天使司知识。

2　Leonhard Euler（1707—1783），瑞士数学家。

休·珀森不能关照它的出版事宜了。日后你若要确认收到了这封信，不要明明白白地这么说，而是要像一个爱唠叨的好老头那样，给我讲一点有关他的情况（用这样的密码方式让我知道你已经把这封信记在了脑子里）——例如，为什么他被判入狱一年——或者更长？——他是否被发现处于纯粹的癫痫昏睡状态；他的案子经过复审发现他无罪之后，为什么他还被转入关押精神病罪犯的疯人院？为什么此后五六年他会在监狱和疯人院之间反复来回折腾，直至最后成为一个隔离治疗的病人？人怎么能治疗做梦呢，除非他是个江湖骗子？请你告诉我这一切，因为珀森是我认识的最好的人之一，而且还因为你在有关他的信中，可以为这个可怜的家伙偷运各种秘密信息。

你要知道，可怜的家伙是对的。我这讨厌的肝脏就像被退回的稿件一样沉重；他们采用频繁注射的办法，以控制令人难受、残酷无情的疼痛，但是不管用什么办法，肚皮里面总是永远痛着，就像永久不息的雪崩发出的低沉轰隆之声，毁掉我的一切想象架构，毁掉我能意识到的一切个人里程碑。说来可笑——可是过去我一向认为濒死之人视一切如粪土，名誉、激情、艺术等等全都毫无意义。我认为一个濒死之人脑子里的宝贵记忆逐渐消失，只剩下一些彩虹碎片。但是现在我的感觉完全相反：我自己最琐碎的思想感情和所有人的思想感情全都变得无比巨大。整个太阳系只不过是我的（或你的）手表透明塑料盖片中的一个映像。我越是枯萎，我就变得越大。我认为这是一种非同寻常的现象。完全拒绝人凭空虚构出来的一切宗教，在完全死亡面前保持完全的镇静！如果我能写出一部巨著来解释这三个完全，这本书无疑会成为新的圣经，其作者将成为一种新教义的缔造者。好在我还有自尊心，不会把这本书写出来——这不仅是因为一个濒死之人无法写书，而且还因为这个特定的人永远不可能在一瞬间表达出只能被直接理解的东西。

收信人补写的话：

此信于作者去世之日收到。归档于 Repos——R. 之下。

二二

珀森讨厌自己双脚的样子和感觉。它们特别难看又特别敏感。甚至长大成人后，脱衣服时，他还是尽量不看它们。由此，他没有染上美国人在家里爱打光脚的癖好——这种癖好可以追溯到他童年时代之前的更简朴和节俭的时代。只要一想到透过丝袜（连丝袜也没有了）看见一个趾甲，他就浑身觉得刺骨凉！就像女人一听到擦窗玻璃时发出的尖厉吱吱声便全身发抖。它们老是疙疙瘩瘩，它们很容易破，它们总是伤脚。买鞋和看牙医一个样。在前往维特途中，他在布里格买了一双，此时他正不悦地端详着它。鞋盒的包装漂亮得一塌糊涂，什么都比不上。撕开包装纸，他神经兴奋地松了一口气。这双棕色登山靴贼沉，在商店里已经试穿过。尺码肯定没错，但是穿起来肯定不可能像营业员向他保证的那么舒服。不错，暖和舒适，但是太紧。随着一声呻吟，他把靴子套到脚上，一边诅咒一边系上带子。没关系，这是必须忍受的。他打算进行的这一次爬山活动，穿城里的鞋是无法完成的：头一次也是唯一一次他尝试这样做，在滑溜溜的石板上不断失足。这一双登山靴起码还能在危险的石头表面上站住脚。他还记得，一双类似的鞋把他的脚磨出许多泡来，但那是用羚羊皮做的，八年前买的，离开维特时扔掉了。还行，左靴不像右靴那么夹脚——跛足的安慰。

他抛弃深色厚茄克，穿上一件旧风衣。他顺着通道走的时候，尚未走到电梯之前，意外遇到三级台阶。他心里想，他们这样安排的唯一目的是警告他后面还有苦头吃。但是他对未来痛苦的小小预警并不在乎，于是点燃了一支香烟。

住二流旅馆，想见到最佳山景，通常须到走廊北端的窗口去看。深色的，几乎是黑色的岩石群山，间有白色条纹。有些山脊与云遮雾罩的阴沉天空融为一体。较低处有柔毛状针叶林，更低处是比较浅色的绿野。令人忧郁的群山！美丽的重力隆起！

山谷底部有维特小镇，一条狭窄的小河，两岸有各种不同的小村庄，一个个凄凉的小牧场，周围有铁丝网环绕，一排高高的茴香花成为唯一的装饰。小河像运河一样笔直，被枝叶繁茂的桤木覆盖着。睁大眼睛四下张望，无论远近皆无美景；这里是一条泥泞的牛行小道斜穿过割去牧草的山坡，那里是一个严格控制的落叶松种植园，就在对面的山冈上。

他此次故地重游（珀森倾向于当作朝觐之旅，就像他的一位法国先祖一样，他是一位天主教诗人，近乎圣人）的第一阶段，有一项活动是步行穿过维特，到它上面一个山坡上的牧人小屋群集点。小镇本身似乎比以前更加丑陋更加散乱。他辨认出喷泉、银行、教堂、大栗树和咖啡馆。还有邮政局，门口的那条长凳，等待着永不到来的信件。

他过了桥，未曾停步倾听小溪的喧闹，那不能告诉他什么。斜坡顶端有一排冷杉树，再往前有更多的冷杉树——那是雾蒙蒙的幻觉或别的什么树——在雨云下成浅灰色的整齐排列。修出了一条新路，冒出了一些新房子，把他记忆中或他认为自己记忆中的一些小的地标挤掉了。

现在他必须找到纳斯蒂亚别墅，它依然保留着一位已故老太婆的荒唐俄文爱称。她在最后一次病倒之前把它卖给了一对无子女的英国夫妇。他要看一看门廊，就像一个人要用一只光滑的信封把过去的影像装在里面。

休在一个街角犹豫不前。前面有一位妇女在一个摊位上卖蔬菜。夫人，你知道吗？——是的，她知道，沿那条小巷往北走。就在她说话的时候，一条大白狗从一只货箱后面抖抖索索地爬出来，休一眼就认出来，大吃一惊，想起了八年前自己也在这里停留过，也曾注意到那条狗，当时就已经相当老了，现在活到了令人难以置信的年龄，唤醒了他盲目的记忆。

周围的环境已经无从辨认——那堵白墙除外。他的心跳得很快，仿佛刚经历了艰难的攀登。一个金发小姑娘，手握羽毛球拍，蹲下来，从人行道上捡起她的羽毛球。再往前便到了纳斯蒂亚别墅，现在漆成了一种天蓝色。所有的窗户都关上了百叶窗。

二三

休选择一条标有记号的进山小路，立即想起了过去的另一个细节，那就是值得敬重的长凳检查员——被鸟污损的长凳和他一样老——有多处的长凳在阴暗的角落里朽坏，黄叶在下，绿叶在上；在绝对田园风光的人行小径旁，往上可到一处瀑布。他还记得检查员的烟斗上嵌有波希米亚宝石（与其主人疖子般的鼻子显得很和谐），同时也记得阿尔曼达有个习惯，老家伙在检视破裂的座位下面的垃圾时，她喜欢和他彼此用瑞士语和德语讲些不堪入耳的下流话。

现在，这一地区又为旅游者增添了一些登山线路和索道，还修了一条从维特到缆车站的新汽车路，但是阿尔曼达和她的朋友们通常是步行前往缆车站。休要爬山那一天，仔细研究了公用地图，一幅很大的爱情国[1]地图，或者说是折磨人的地图，张贴在邮局附近告示牌上。此时，如果他想以舒服的方式前往冰川山坡，他可以搭乘从维特开往德拉科尼塔缆车站的新巴士。可是，他希望仍以古老的艰苦方式前往，而且在上山途中要穿过令人难忘的森林。他希望，德拉科尼塔的缆车还像他记忆中的一样——一个小座舱，里面有面对面的两条凳子。缆车在空中向上运行，距离在冷杉树林和桤木丛之间那片洼地里的一条草皮覆盖的斜坡大约二十码左右，每隔三十秒钟左右，经过一根塔杆，突然发出一阵碰撞声和震颤，但除此之外它的滑行情况还是很好的。

休的记忆集中在几种树木标出的一条小径和通向攀爬的第一个困难阶段的几条采运木材的道路——所谓第一个困难阶段，指杂乱无章的一堆大卵石和乱七八糟的一丛杜鹃花，从它们中间艰难地跋涉过去，往上走，就能到达缆车。难怪他很快就迷了路。

与此同时，他的回忆一直循着自己思想中的秘密路径走。她无情地往前赶，他又气喘吁吁地落在她后面。她又在挑逗雅克，就是那个英俊的瑞士男孩，狐红的体毛，惺忪的眼睛。她又和兴趣爱好不拘一格的英国孪生兄弟调情，他们把溪谷叫做 Cool Wars，把山脊叫做 Ah Rates。休虽然个头很大，但是腿力或肺活量都无法赶上他们，即使在记忆中也是如此。他们四个人加速了爬山步伐，带着无情的雪镐、绳圈和其他让人受累的

---

1 Tendre，17 世纪法国文学作品中描写的国度，原文为法语。

工具（无知夸大了这些设备的作用），消失了。他在一块岩石上休息，向下张望，透过流动的迷雾仿佛看到了那些给他带来痛苦的人脚下的群山正在形成，晶状地壳从远古海洋底部和他的心脏一起隆起。然而，总的说来，他们会催促他不要掉队，即使他们还没有走出森林；那是一片阴暗的老冷杉树，其间有陡峭的泥泞小路和潮湿的柳兰丛。

此时，他正在穿越树林往上爬，痛苦地喘着粗气，像过去跟在阿尔曼达金色的颈背或一个裸背男人背着的大背包后面一样。没过多久，来自他右脚鞋顶部的压力刮去了第三个脚趾关节处的一小块皮，形成一只红眼，在那里烧穿了每一个贫乏的想象。他终于甩开了森林，来到一片布满石头的田地和一个他自以为记起来了的牲口棚，但是他曾经洗过脚的小溪以及突然填补了他头脑中的时间间隔的那座破桥，却再也见不到了。他继续往前走。天好像亮了一点，但是太阳很快又被云层遮蔽了。小路通到了牧场区。他看到一只又大又白的蝴蝶掉下来，展开在一块石头上。它的翅膀像纸一样薄，沾上了黑色的污渍，还有褪了色的绯红斑点，透明的边缘上有令人讨厌的折叠结构，在凄凉的风中微微抖动着。休讨厌各种昆虫，这只蝴蝶尤其令人厌恶。然而，突然有一种非同寻常的恻隐之心使他克服了一时的冲动，没有轻率地用靴子把它踩个粉碎。他模糊地觉得，它一定是又累又饿，如果把它挪到附近的好比针垫[1]的一片粉红小花朵上面，它一定会很感激，于是俯下身子去捉它，可是经过一番簌簌地胡乱扑腾，它终于没有被他的手帕罩住，胡乱拍打着翅膀以克服重力，使劲地飞走了。

他走到一个路标跟前。去兰默斯皮兹还得四十五分钟，去林珀斯坦则要两个半小时。这不是通往冰川缆车之路。路标上标明的距离似乎和梦话一样模糊不清。

过了路标，小路两旁尽是圆顶的灰色岩石，上面有成片的黑色苔藓和浅绿色地衣。他仰望天上的云彩，云彩模糊了远处的群峰或山峰之间有如赘肉的下陷部分。继续孤独地往上爬已经没有什么意思了。她曾经从这里走过吗，她的鞋底曾经在这里的泥土上留下精巧的图案吗？他仔细查看一次孤独野餐的残留物，有蛋壳碎片，那是另一个孤独的旅行者敲破的，几分钟前这旅行者在这里坐过；还有一只皱巴巴的塑料袋，曾有一双女人的手用小钳子连续快速地往袋里放进苹果小圆片、黑色李子干、葡萄干、黏糊糊的香蕉泥——现在这一切全都消化了。细雨的灰幕很快就要吞没一切。他头顶的秃点感受到了雨点的初吻，于是又走回树林和鳏居状态。

1　pincushion，供插缝纫针用的针垫。

这样的日子让他的视力得到休息，其他的感官有了更自由发挥作用的机会。天地逐渐失去一切颜色。天在下雨，或假装下雨，或根本没有在下雨，但是在下面这种意义上来说仍然像要下雨——只有北方地区的某些古老方言才能用言辞表达，或者不是表达，而是让你在某种程度上觉察出来，是通过蒙蒙细雨飘落在一片久盼甘霖的玫瑰灌木丛里所产生的那种一丝声响让你觉察出来。"维坦伯格在下雨，可是维特根斯坦[1]不下雨。"这是《多种喻义》中一个不引人注意的笑话。

---

1 Wittgenstein，参见第四十八页注 1。

二四

　　对一个人的生活进行直接干预不属于我们的活动范围，另一方面，从多种喻义上说，一个人的命运也不是一系列预先确定的环节：有些"未来"事件可能比其他一些发生的可能性更大，不错，情况是这样，但一切都是幻想，而每一个因果关系都不是预先安排好的，即使那弧形物实际上已紧紧围住了你的脖子，愚蠢的人群屏住了气息。

　　如果我们有些人拥护X先生，而另一群人则支持朱莉娅·穆尔小姐，其结果只能造成混乱。朱莉娅的兴趣，如进行远距离专制控制，最后与她的年迈的疾病缠身的追求者X先生（现在是勋爵）的兴趣冲突。如果我们要把一个最受喜欢的人引导到最佳方向上，在不伤害他人的情况下，我们最多也只能像微风那样行动，施加最轻最间接的压力，例如诱导其做个梦，希望他能回想起这个梦，把它当作一种预兆，如果可能发生的事情确实发生了。印在纸上时，"可能"和"确实"这两个词也应该印成斜体，至少是微斜，以表明影响那些人物（在语言符号和人格面貌的双重意义上）的风是十分轻微的。事实上，我们对斜体字的依赖程度——在发挥斜体字主要的奇特作用这个方面——比儿童文学作家更大一些。

人的生活可以比喻成一个人以各种不同形式围绕着自己跳舞；因此，我们第一本图画书中的各种蔬菜围绕着一个做梦的男孩——绿色的黄瓜，蓝色的茄子，红色的甜菜，大土豆，小土豆，小姑娘般的芦笋，还有很多，它们旋转的轮舞速度越来越快，逐渐形成一个透明的有条纹有各种颜色的圈，围绕着一个死人或行星。

我们不应该做的另一件事是试图解释不可解释的东西。人已经学会在沉重的负担下过日子，那是一个巨大的令人痛苦的重负：认识到了"现实"可能只是一个"梦"。如果说，我们意识到了现实具有梦的性质，而这种意识的本身也是一个梦，是一种内在的幻觉，那该是更加可怕多少倍的一件事！然而，一个人应该记住，任何幻想到了极点都要破灭，就像每一个湖泊都有可靠的陆地环绕着它把它封闭起来。

我们已经表现出对引号的需要（"现实""梦"）。有一点是确实无疑的，那就是休·珀森仍然在长条校样的空白处像撒胡椒粉似的做上的许多记号具有抽象、玄奥的意义。"属于土的仍然归于土"（人死即进入无差别境界，起码这一点是肯定的）。在休的一所精神病院里，有一个病人，是个坏人，但也是个优秀哲学家，他当时已病入膏肓（这个令人沮丧的短语是任何引号都无法救治的），还为休的《精神病院与监狱合集》（他在那些可怕的岁月里写的一种日记）写了一段话：

人们普遍认为，如果人要证实死后复活的事实，那么他也要解开生存之谜，或者是处于解开这个谜的过程之中。哎呀，这两个问题并不一定要同时处理或者混合在一起。

我们以这段怪诞的批注来结束我们的话题。

二五

你对自己的朝觐有些什么期待呢，珀森？只是要把它当作一面镜子来再现过去所受的折磨吗？想博取一块古老石头的同情？强行再造不可恢复的中世纪大学三学科：语法、修辞、论理？从古德格里夫令人敬畏的"我记得，我记得我出生的那幢房子"完全不同的意义上去寻找失去的时光，抑或是普鲁斯特[1]式的探寻？在这里，除了单调乏味和痛苦不堪之外，他从未有过别的经历（只有一次例外，那是在他最后一次登山结束时）。他之所以重访令人沮丧、毫无生气的维特，是另有原因的。

不是因为信鬼。有谁会喜欢经常到已经逐渐淡忘的坟包上去呢（他不知道，雅克已葬身六英尺深的雪下，地点是科罗拉多的休特），行程不定，还有一股魔力让他无法到达一个俱乐部会所，该会所的名称已经与"德拉科奈特"这么一种已经不再生产但是在围栏上甚至峭壁上仍然可以见到它的广告的兴奋剂完全混淆在一起，再也无法分清了。然而，有某种与鬼魂显

117

灵相关的因素，迫使他不远万里从另一个大洲来到这里。让我们把这件事探究得稍微清楚一点吧。

实际上，她死后又出现在他面前的那些梦，都不是以美国的冬天为背景发生的，真正的背景是瑞士山里的冬天和意大利湖边的冬天。他甚至连树林里那个浪漫地点都没有找到，他在那里曾有过难忘的一吻，被一群闹哄哄的小远足者打断了。他渴望得到的是能在记忆精确的环境中与她的确确实实的形象有瞬间的接触。

他回到阿斯科特旅馆，吃了一只苹果，脱下泥污的靴子并厌恶地吼了一声。他顾不上浑身酸痛，袜子也有些湿了，立刻换上城里穿的舒适鞋子。现在重新回到令人痛苦的任务！

考虑到小步慢行、边走边看可能会帮助他回忆起自己八年前曾经住过的房间的号码，于是他把三楼的过道从头走到尾走了一遍——走过一个又一个房号一无所获之后，突然停住了脚步：他的办法终于奏效了。他看见很白的门上写着很黑的313，马上回想起自己是怎样对阿尔曼达说的（她答应要来找他，但不希望让别人知道）："为帮助记忆，应该把它想象成三个侧面的小人影，一个囚犯走过，前面有一个卫兵，后面还有

1　Marcel Proust（1871—1922），法国小说家，著有长篇小说《追忆逝水年华》七卷。

一个卫兵。"阿尔曼达答道，这对她来说太不可思议了，她要把它记在她袋子里的记事本上。

从门里边传出狗吠的声音：他心里想，这显然说明有人住。不过，他离去时带着一种满足感，一种寻回了过去那段经历中很重要的一小部分的感觉。

随后，他下了楼，请白肤金发的接待员给斯特雷扎的旅馆打电话，问他们能否让他在八年前休·珀森先生和他太太曾经住过的那个房间里住几天。他说，它的名字听起来像"博·罗密欧"。她把它的正确形式又重复了一遍，但她说得花几分钟时间。他可以在休息室里等候。

那里只有两个人，一个女人正在远处的角落里吃快餐（餐厅不能用，因为发生过一场闹剧般的打斗，还没有打扫干净），一个瑞士商人正在翻阅很早以前的一期美国杂志（那实际上是休在八年前留下来的，但是这方面的情况没有人追踪过）。瑞士绅士旁边的一张桌子上凌乱地放着不少旅馆的宣传小册子和近期的期刊。他的手肘底下压着一本《跨大西洋》杂志。休使劲拉那本杂志，瑞士绅士从椅子里跳将起来。两人的互相道歉演变成了对话。怀尔德先生的英语语法和语调在许多方面与阿尔曼达相似。他先前看过休手上的《跨大西洋》杂志里的一篇文章，感到极度震惊（边说边把杂志借过来一下，沾湿拇指，找到那个地方，把打开在那篇令人作呕文章的刊物还给他，同时用几个手指的背部拍打着那一页）。

"这里有人讲述一个男人在八年前杀死他的配偶……"

接待员正在远处对他做手势，他从自己坐的地方可以分清因距离而变小的服务台和她的胸部。她冲出自己受宠的地方，向他跑过来：

"他们没有回答，"她说道，"你要我继续试吗？"

"要，继续试，"休说着站了起来，撞上了一个人（是那个女人；她用纸巾把剩下的火腿肉包起来，正要离开休息厅），"要。噢，对不起。对，用一切办法跟他们联系。打电话给他们的询问处什么的。"

对了，那凶手在八年前免于一死（从更古老的意义上说，珀森免于一死也是在八年前，但是他挥霍自己的生命，在一个病态的梦中挥霍得精光！），现在他突然获得了自由，你瞧，因为他是个模范囚犯，甚至还教狱友下棋、世界语（他有使用世界语的癖好）、做南瓜饼的最佳方法（从职业来说，他还是一个糕点制作工）、黄道的迹象、双人牌戏金罗美，等等，等等。对某些人来说，唉，"伽"只不过是大地测量学使用的重力加速度单位。

这着实令人震惊，瑞士绅士用阿尔曼达从朱莉娅（现在是

X太太）那里学来的一个表达方式继续说道，时下对犯罪的纵容程度的确令人震惊。就在今天，一位脾气暴躁的侍者被指控从旅馆偷走一只箱子（括弧，怀尔德先生对此并不赞同），他竟挥拳猛击旅馆老板的眼睛，致使伤势严重，像涂上了一层黑色的黄油。他的对话者说要报警吗？没有，先生，他们没有这样做。噢，对了，从一个较高（或较低）的层面上看，这一情景是相似的。这位能熟练讲两种语言的人曾经考虑过监狱的问题吗？

噢，他考虑过。他本人曾被监禁，被送进医院治疗，再被囚禁，两度试图掐死一个美国姑娘（现在的X太太）："有一个阶段，我的囚友是一个怪异之人——长达一整年之久。如果我是诗人（但我只是一个校对员），我会向你描绘单独监禁的绝妙境界，享用一尘不染的卫生间的极度快乐，在一个理想的监狱里的思想自由。设置监狱的目的"（对着怀尔德先生微笑，他正在看表，没有看到他在笑）"肯定不是为了让杀人犯改邪归正，也不单是为了惩罚他（一个人拥有内在的和外在的一切，你怎么惩罚得了他呢？）。建立监狱唯一的目的，尽管很缺乏想象力，但它是唯一合乎逻辑的目的，是为了防止杀人犯再次杀人。改造？假释？谎言，笑话。残忍之人是无法改造的。小贼不值得费力去改造（对这些人，惩罚就足够了）。现在，在一些所谓的自由主义圈子里，流行着一些令人遗憾的动向。简明地说，一个杀人犯如果把自己看成是受害者，他就不仅是一个杀人犯，而且是一个大笨蛋。"

"我恐怕该走了，"古板、可怜的怀尔德说道。

"精神病院，牢房，收容所，这一切我也都很熟悉。和大约三十个话都说不清楚的白痴住在同一个牢房里，那完全是地狱。我假装有暴力倾向，为的是得到一个单人牢房，或者被锁在该死的医院安全区里，对这种病人来说，那已经是言语难以表达的天堂了。我想要保持正常就只能伪装成亚正常状态。这条道路充满荆棘。一位漂亮而健壮的护士喜欢在我前额上猛击一掌，在此前后还用手背各打一巴掌——我又回到了幸福的单人牢房。我还应该补充一点，每次审理我的案子，监狱里的精神科医生都会出来作证，说我拒绝讨论那个他用职业术语称为'夫妻性关系'的问题。我可以苦中有乐地说，同时还苦中自豪，无论是卫兵（他们中间有些人颇具同情心，而且聪明），还是信奉弗洛伊德学说的审讯人（他们全是傻瓜或骗子），都没能打破或改变我的可悲状态。"

怀尔德先生把他当成醉汉或疯子，已经缓慢而吃力地走开了。漂亮的接待员（肉体归肉体，红色的刺毛归红色的刺毛，我的爱人不会在意）已经又开始做手势了。他站起来，走向她的服务台。斯特雷扎旅馆遭遇一场火灾之后正在修理。可是（竖有漂亮的标志）——

我们很高兴指出，我们这位珀森在他的一生中都有一种奇特的感觉（三位著名的神学家和两位小有名气的诗人知道这一情况），那就是，在他的身后——可以说是在他的肩旁——有一位个头更大、智力比他强到令人难以置信、更冷静、更强壮的陌生人，其道德也比他好。其实这就是他的主要“影子伙伴”（为这一别称，R 受到一位粗鲁批评家的斥责），如果他没有那个透明的影子，我们就不会费口舌来谈论我们这位可爱的珀森了。从他在休息厅里坐的椅子，到那女孩可爱的脖子、丰满的嘴唇、长长的睫毛、朦胧的魅力之间只有一段短短的距离，珀森感觉到有某种东西或者某一个人在警告他，他应该立即离开维特，前往维罗纳、佛罗伦萨、罗马、塔奥米纳[1]，如果斯特雷扎已经排除在外的话。他置之不理自己的影子，从根本上说，他可能是对的。我们认为他已经有几年野兽般纵欲的经历；我们已准备把那个姑娘送到他的床上去，但这件事毕竟该由他来决定，去死也行，如果他喜欢。

但是！（这个小词比“可是”或“然而”的意思更强）她

1　Taormina，意大利西西里岛上的一个小镇。

123

有好消息要告诉他。他想要搬到三楼，不是吗？今天晚上他可以如愿以偿了。那位带着一条小狗的太太晚饭前就要离开了。此事说来颇为有趣。每当养狗的主人离家外出时，她的丈夫负责照顾他们的狗。这位太太独自出行时，通常都带一只小动物，从那些最忧郁的动物中挑选。今天早上，她的丈夫打电话告诉她，小狗的主人提早回来了，大声嚷着要求把宠物还给他。

二六

    旅馆里的酒家是一个很阴暗的地方，设备颇具农村风格，食客不多，但是据说第二天会来两大家子，到了八月的下半月，价格比较便宜的时候，将会有，或者可能会有（两种时态混用，显得很乱，原因是旅馆建筑正在接受检查）德国小客流群源源不断而来。一个新来的姑娘，其貌不扬，身着民俗服装，露出一大片酥胸，取代了两个服务员中比较年轻的那一位，侍者领班表情严厉，左眼眼眶青肿。我们这位珀森晚饭后就可以搬进313房间了。为了庆祝这一即将到来的事件，他在喝豌豆浓汤之前合情合理地先喝了一杯酒——伊凡混合酒（伏特加和番茄汁混合而成），又来一杯莱茵酒就猪肉（伪装成"小牛肉片"），然后是两人份的渣酿白兰地和咖啡。当这位疯疯癫癫或者如痴如醉的美国人从他桌旁走过时，怀尔德先生朝另一方向看去。

    为了迎接她的来访，房间布置得跟他的要求或者他以前的要求完全一致（又是时态的混用！）。房间西南角的床整洁华丽,过一会儿,年轻姑娘会来敲门,或者可能来敲门欲把门打开,不让她进来,或者将不会让她进来——如果反复进进出出,门和床还是可以承受的。床头柜上,有一包新香烟和一只旅行钟,它们旁边是一只包装得很漂亮的盒子,里面有一个女滑雪运动员的绿色小雕像,透过外面两层发出光芒。床前的小地毯是一条经过美化的毛巾,和床单一样的淡蓝色,仍然折叠着塞在床头柜底下,但是因为她已事先拒绝(变化无常!一本正经!)待到黎明,她不会看到,她永远不会看到小地毯尽其职责,迎接第一方阳光和他贴胶布的脚趾踩下的第一步。五斗橱上的花瓶里插着一束风铃草和矢车菊(它们不同的蓝色调像是一对情人在吵架),那可能是助理经理放的,他尊重情感,要不就是珀森自己放的。花瓶旁边是珀森解下来的领带,属第三种蓝色调,但它是另一种材料(丝)做成的。如果能适当调节焦距,就可以看到一团嫩豆芽和土豆泥,与略带粉红的猪肉色彩纷呈地混杂在一起,正在珀森的胃肠里迅速地翻腾着,在那毒蛇和洞穴般的天地里还可以辨认出两三粒苹果籽,那是上一顿饭的残留物。他的心脏呈梨形,对他这样一个大个子来说显得太小。

回到正确的层面上,我们可以看到珀森的黑色雨衣挂在衣帽钩上,深灰色外套披在椅背上。在灯光照明的房间东北角,可以看到一张有许多无用抽屉的矮小书桌，书桌底下有一只废纸篓，仆人刚清倒过，篓底还留有一点油脂污迹和一丝纸巾。养狗场管理员的妻子正在把一辆阿米尔卡轿车开回特拉克斯，后座上睡着小狐狸犬。

珀森上卫生间，排干膀胱，想起要洗个淋浴，但是现在她随时可能到来——如果她果真来的话！他套上漂亮的高翻领毛衣，在虽然记得但无法立即确定的那个上衣口袋里找到最后一粒解酸药丸（说来奇怪，衣服披在椅子上，有些人就难以一眼分清左和右）。她老是说，真正的男子汉应该衣着无可挑剔，但不应太经常洗澡。她说，在某些面对面的场合，从夹肢窝散发出来的男性气息魅力无穷，而除臭剂只有女士和女仆才应该使用。有生以来，他从未为等待任何人或事而心情如此激动过。他的额头有点湿润，情绪紧张不安，走廊又长又静。旅馆的几个房客都在楼下休息厅里，或闲聊，或打牌，或似睡非睡自得其乐。他使床铺裸露，把头枕在枕头上，而双脚鞋跟却还垂在地板上。初涉情场的新手喜欢注视一些具有吸引力的细枝末节，如枕头上的一个浅凹，仿佛看到了一个人的前额、额骨、表面有波状起伏的脑袋、枕骨、后脑勺及其黑发。在我们总是令人着迷的、有时是令人惊吓的新鲜经历之初，这种幼稚的好奇（一个孩子在溪水里因发现物体经过折射发生扭曲的现象而觉得好玩，一个非洲修女在一家北极女修道院里第一次高兴地触摸蒲公英易碎的茸毛头）通常都会产生，尤其是如果从青少年时代起直至死亡始终都在追寻某一个人以及相关事情的影子的话。当阿尔曼达的脚步声渐近时，珀森，这个人处在想象中的狂喜之想象的边缘上——在校样的页边空白（供改正和提问用的页边空白从来都不太宽！）删去这两个"想象"。这正是极度的艺术快感贯穿整个脊柱的情形，这种极度快感的威力比性乐或形而上学的惊慌无比强大。

此刻令人难忘，她开始走进他房间的透明门，他感到了一个旅游者在起飞的时候所能感受到的洋洋得意；起飞时——用一个新荷马式的比喻——地球倾斜，然后重新恢复它的水平位置，如果以太空时间来计算，我们简直是即刻便远离地面数千英尺，浮云（羊毛似的朵朵轻云，很白，彼此之间的距离或大或小）像是贴在一个天体实验室的一片平滑玻璃上，透过这片玻璃，远远地，可以看到下面姜饼般的小地块、伤痕累累的山坡、圆形的靛蓝色湖泊、深绿色的松树林和鳞屑般的村庄。空姐送来了透亮的饮料，她就是刚接受他求婚的阿尔曼达，尽管他警告过她，说她对许多事情估计过高，如在纽约举行派对的快乐、他的工作的重要性、将来可以继承遗产、他叔父的文具生意、佛蒙特的群山——此时，随着一声吼叫和一阵干呕式的咳嗽，飞机爆炸了。

我们这位珀森咳嗽着，在令人窒息的黑暗中坐起来，摸索着想开灯，可是灯的开关失灵，像瘫痪的腿臂一样动弹不得。因为他四楼房间里的床在另一个靠北的位置，所以他现在跑到门口，猛地把门打开，而没有像他自认为能做到的试图跳窗逃离，当时窗半开着，一股灾难性的狂风把走廊里的浓烟吹进了房间，窗户立即洞开。

火起初是由地下室里浸透了油的破布引起的，后来，楼梯和墙上经认真喷洒的较轻液体助长了火势，很快就把整座旅馆烧着了——尽管第二天早晨的当地报纸报道说，"所幸只有几个人死亡，因为恰好只有几个房间住了人。"

现在火苗顺着楼梯蹿上来了，成双地，成三地，列成红皮马铃薯般的纵队，手拉手，火舌接着火舌，快乐地交谈着、哼唱着。然而，迫使珀森退回房间里的并不是火舌的热气，而是带有刺激性气味的黑色浓烟，对不起，一个彬彬有礼的小火舌说道，它把门撑开着，他想关也关不上。窗户砰砰作响地撞得窗玻璃粉碎，如红宝石雨般落下，他在被呛死之前意识到，外面的一场风暴正在使室内的大火更加肆虐。最后，窒息的感觉迫使他试图爬出去到下面去逃生，但是烈火熊熊的屋子的那一面既没有窗台也没有阳台。他到窗口时，一个火舌尖呈淡紫色的长形火焰蹿上来，用它戴手套的手做出一个优雅的姿势制止了他。灰泥与木头制的隔墙在垮塌，让他听见了人的叫喊声，他最后的错误想法之一，就是他认为那是急切想帮助他的人发出的叫声，而不是也在遭难的人在嚎叫。模糊的色圈绕着他转，一时间让他回想起童年时代一本令人惊恐的书中的图像：耀武扬威的各种蔬菜围着一个穿衬衫式长睡衣的男孩不停地旋转，越转越快，男孩拼命想从梦境的彩虹色眩晕中清醒过来。最终的幻象是一本书或一只变得完全透明空洞的盒子所发出的炽热的光。我认为，情况是这样：需要从一种存在状态进入另一种存在状态的，不是肉体死亡的自然痛苦，而是神秘的精神活动的无比剧痛。

你要知道，这一过程是顺利完成的，孩子。